共和国故事

历史召唤

——中华全国总工会成立

陈栎宇 编写

吉林出版集团股份有限公司

图书在版编目（CIP）数据

历史召唤：中华全国总工会成立/陈栎宇编. —

长春：吉林出版集团股份有限公司，2009. 12

（共和国故事）

ISBN 978-7-5463-1717-5

Ⅰ. ①历… Ⅱ. ①陈… Ⅲ. ①纪实文学 – 中国 – 当代 Ⅳ. ①I25

中国版本图书馆 CIP 数据核字（2009）第 237297 号

历史召唤——中华全国总工会成立

LISHI ZHAOHUAN　　ZHONGHUA QUANGUO ZONGGONGHUI CHENGLI

编写　陈栎宇

责任编辑　祖航　李婷婷

出版发行　吉林出版集团股份有限公司

印刷　三河市嵩川印刷有限公司

版次　2010 年 1 月第 1 版　　　　2022 年 1 月第 11 次印刷

开本　710mm×1000mm　1/16　　　印张　8　字数　69 千

书号　ISBN 978-7-5463-1717-5　　定价　29.80 元

社址　吉林省长春市福祉大路 5788 号

电话　0431 – 81629968

电子邮箱　tuzi8818@126.com

前　言

　　自 1949 年 10 月 1 日中华人民共和国成立至今,新中国已走过了 60 年的风雨历程。历史是一面镜子,我们可以从多视角、多侧面对其进行解读。然而有一点是可以肯定的,那就是,半个多世纪以来,在中国共产党的领导下,中国的政治、经济、军事、外交、文化、教育、科技、社会、民生等领域,都发生了深刻的变化,中国人民站起来了,中华民族已屹立于世界民族之林。

　　60 年是短暂的,但这 60 年带给中国的却是极不平凡的。60 年的神州大地经历了沧桑巨变。从开国大典到 60 年国庆盛典,从经济战线上的三大战役到经济总量居世界第三位,从对农业、手工业、资本主义工商业的三大改造到社会主义市场经济体制的基本确立,从宜将剩勇追穷寇到建立了强大的国防军,从废除一切不平等条约到独立自主的和平外交政策,从"双百"方针到体制改革后的文化事业欣欣向荣,从扫除文盲到实施科教兴国战略建设新型国家,从翻身解放到实现小康社会,凡此种种,中国人民在每个领域无不留下发展的足迹,写就不朽的诗篇。

　　60 年的时间在历史的长河中可谓沧海一粟。其间究竟发生了些什么,怎样发生的,过程怎样,结果如何,却非人人都清楚知道的。对此,亲身经历者或可鲜活如昨,但对后来者来说却可能只是一个概念，对某段历史的记忆影像或不存在，或是模糊的。基于此，为了让年轻人，特别是青少年永远铭记共和国这段不朽的历史，我们推出了这套《共和国故事》。

《共和国故事》虽为故事，但却与戏说无关，我们不过是想借助通俗、富于感染力的文字记录这段历史。在丛书的谋篇布局上，我们尽量选取各个时代具有代表性或深具普遍意义的若干事件加以叙述，使其能反映共和国发展的全景和脉络。为了使题目的设置不至于因大而空，我们着眼于每一重大历史事件的缘起、过程、结局、时间、地点、人物等，抓住点滴和些许小事，力求通透。

历史是复杂的，事态的发展因素也是多方面的。由于叙述者的视角、文化构成不同，对事件的认知或有不足，但这不会影响我们对整个历史事件的判断和思考，至于它能否清晰地表达出我们编辑这套书的本意，那只能交给读者去评判了。

这套丛书可谓是一部书写红色记忆的读物，它对于了解共和国的历史、中国共产党的英明领导和中国人民的伟大实践都是不可或缺的。同时，这套丛书又是一套普及性读物，既针对重点阅读人群，也适宜在全民中推广。相信它必将在我国开展的全民阅读活动中发挥大的作用，成为装备中小学图书馆、农家书屋、社区书屋、机关及企事业单位职工图书室、连队图书室等的重点选择对象。

编　者
2010 年 1 月

一、工会组织建设

二、爱国生产活动

三、劳动技术活动

一、 工会组织建设

● 1950 年 6 月 29 日，中央人民政府主席毛泽东签发命令公布施行《中华人民共和国工会法》。

● 1955 年 10 月 2 日，第一届全国工人运动会在北京先农坛体育场隆重开幕。

● 体育场的看台上坐满了首都各界群众，当党和国家领导人毛泽东、刘少奇、周恩来、朱德、邓小平、贺龙等同志走上主席台时，全场顿时欢声雷动。

中华全国总工会成立

1949 年 7 月 23 日至 8 月 16 日，中华全国总工会在北京召开了全国工会工作会议。

中华全国总工会是中国共产党领导的中国工人阶级的群众组织，简称总工会。

中华全国总工会是在中国工人运动发展的基础上诞生的。中华全国总工会的前身是中国劳动组合书记部。

1921 年 7 月，中国共产党成立后不久，就成立了中国劳动组合书记部，作为全国工会的通信联络机关。

1922 年 5 月，中国劳动组合书记部在广州召开了第一次全国劳动大会，确定筹备全国性工会组织。

在 1925 年春夏之间，全国革命形势迅猛发展。为了指导和推动工人运动进一步发展，实现全国工人运动的统一和团结，准备在即将到来的革命高潮中充分发挥工人阶级主力军和领导作用，党决定领导召开第二次劳动大会，建立中华全国总工会。

1925 年 5 月 1 日，中国劳动组合书记部在广州召开了第二次全国劳动大会，大会通过了《中华全国总工会章程》，正式成立了中华全国总工会。

在抗日战争时期，中华全国总工会的名称暂停使用，成立陕甘宁边区总工会和各抗日根据地总工会。在解放战争时期，边区总工会和各根据地总工会联合为解放区总工会。

1948 年 8 月 1 日，由解放区总工会和国民党统治区工会在哈尔滨联合召开了第六次全国劳动大会。这次大会是中国工人阶级在新中国成立前召开的一次重要会议。对于动员全国工人阶级以实际行动迎接新中国的诞生，以及做好新中国成立以后的工会工作，具有重要意义。

这次大会通过了新的《中华全国总工会章程》，并决定恢复中华全国总工会。大会选举陈云为主席，李立三、朱学范、刘宁一为副主席。

在全国即将解放的形势下，为了有计划、有步骤地大规模地把工人阶级组织起来，成为建设新中国，恢复与发展生产的阶级基础；也为了解决各地工会工作中所发生的问题，加强全国的工会工作，中华全国总工会决定召开全国工会工作会议。

1949 年 7 月 23 日至 8 月 16 日，全国工会工作会议在北京举行。

出席会议的有全国 72 个单位的代表 254 名。在这次会议上，中央领导毛泽东、刘少奇、周恩来、朱德等都出席了会议，并发表了重要讲话。

会议讨论和通过了有关工会组织等问题，决定了当前全国工会工作的中心任务。即：

在一年左右，基本把全国工人阶级，首先

是产业工人组织起来，以担负起领导和建设新
中国的历史使命。

会议提倡大家办工会，建立起工会的民主生活；工
会干部要在群众中选拔，纠正委派制度和包办代替现象；
强调工会工作要切实实行民主，把工会真正办成工人阶
级的群众组织。

为了提高工人阶级队伍和工会干部的素质，保证完
成全国工会工作会议提出的任务，1949 年 9 月，中央决
定将华北职工学校改为中华全国总工会干部学校。

从此，全国工会运动实现了在组织上的完全统一，
进入了一个新的历史发展时期。

总工会创办《工人日报》

1949 年 1 月，北平和平解放，党中央华北局把原北平市办的《新生报》接管过来，改名为《大众日报》。

1949 年 3 月，中华全国总工会副主席李立三为了加强对全国工会工作的指导，向中央写报告，请示把华北局的《大众日报》改为全国总工会的机关报。同年 6 月，得到中央的批准。

全国总工会把报社接收过来后，许之祯、刘子久等提出，把《大众日报》改名为《工人日报》。没过几天，毛泽东就写好报头派人送来。

1949 年 7 月 15 日，《工人日报》正式创刊。

当时，全国总工会十分重视《工人日报》对于领导机关指导工作和反映群众呼声的重大作用。

全国总工会为《工人日报》确定的办报方针是：

做工人阶级喉舌，与劳动大众为友。

强调《工人日报》的方向是：

总的方向是带指导性的群众报纸。要办出群众报纸的特色，全国总工会要善于利用报纸指导推动工作。

与此同时，要多登群众来稿，解答工人提出的问题，当工人的顾问，替工人说话，反映工人的呼声。经过调查研究，认真开展批评与自我批评，建立报纸在群众中的威信。

转载新华社的文章，要改写成简明新闻，为工人能看得懂、看得方便着想。

还指出：

办报要依靠群众，要靠工人通讯员。要下功夫花大力气培养大量的工人通讯员。《工人日报》的专职记者，要与群众密切联系，指导和帮助工人通讯员，帮助他们改稿写稿。

1950年2月28日，全国总工会发出《关于大家办〈工人日报〉的通知》，号召全国工会组织和广大职工群众共同办好《工人日报》；要求全国工会组织，均应指定专人负责与《工人日报》直接联系，经常给报纸写稿件供给各种材料，帮助《工人日报》组织和发展工人通讯员的工作；还要求报社对全国总工会要"争取主动，电话要勤"。

当时，担任工人日报社社长和总编辑的陈用文在回忆中写道：

我们常常在深夜向全总副主席李立三请示工作，他总是不厌其烦，热情接待。当年轰动全国的马恒昌小组竞赛的稿件，就是我在夜间向李立三汇报请示的。李立三立即指示增加短评，马上在头版发表。报纸发表后，在全国迅速掀起了学赶马恒昌小组的竞赛热潮，对当时加速国民经济的恢复和发展，起到了巨大的推动作用，因而受到刘少奇的赞扬，说马恒昌小组竞赛的经验是好的。

　　《工人日报》把宣传工人阶级的创造性劳动和先进人物的光辉思想视为重要使命。从创刊那一天起，它就让老英雄刘英源上了版面。

　　从此，对先进人物的报道成了《工人日报》最为夺目的篇章，一批批在共和国史册上闪光的被人民群众传颂的名字：刘英源、赵国有、李凤莲、甄荣典、马恒昌、李永、吴运铎、郝建秀、孟泰、王崇伦、时传祥、李瑞环、倪志福……或首先出现在《工人日报》上，或是最早由《工人日报》叫响，而后才走向全国，进入人民心目中的。

　　1951年10月11日，当时的劳模吴运铎就是应全国总工会之邀，在全国总工会做了3个小时的报告，讲述了他是怎样从一个贫苦的孩子当上了煤矿工人，又是怎样从一个普通工人参加了新四军，为中国兵工事业做了力所能及的工作……这动人心弦的报告，引起与会者的极大兴趣和称颂。

1951年10月26日至27日，《工人日报》第三版"文化宫"副刊，以题为《中国的保尔·柯察金——记中国兵工工人的旗帜吴运铎》刊出，及时地宣传了吴运铎的革命英雄主义和革命乐观主义精神，多角度、全方位地传播了吴运铎的非凡业绩，"中国的保尔·柯察金"从此传遍全国。

《工人日报》通过报道一系列先进人物，用英雄的伟大人格和崇高行为，展现了中国工人阶级的伟大形象，也为整个社会树立起了一座座民族精神丰碑。

《工人日报》自创刊以来，作为中华全国总工会的机关报、中国工人阶级的喉舌，面向工人，宣传党的方针路线，动员职工群众为社会主义建设艰苦奋斗，维护职工权益、反映群众呼声、为工人讲话、替工人服务，发挥舆论监督，以它鲜明的群众性博得了工人群众和全社会的信赖和赞誉。

全国建立产业工会

1949 年 10 月，全国总工会召开常委扩大会议，着重研究建立产业工会问题。

会议讨论决定，在 1950 年 5 月以前，首先将铁路、海关、邮政、电信、五金、纺织、食品、煤矿、文化教育、出版等 10 个全国性产业工会建立起来。

11 月 4 日，全国总工会常委扩大会议再次讨论决定，为了迅速完成组织全国工人阶级的任务，全国铁路、邮政、电信工会筹备委员会应积极进行筹备工作，在 1950 年 3 月以前召开代表大会，正式成立全国委员会。全国纺织、煤矿、五金、食品、文化教育、出版、轻工、店员等各行业立即建立工作委员会。

11 月 9 日，《工人日报》就此发表了《建立全国性的产业工会是目前组织工会的中心环节》的社论。

12 月 25 日，全国总工会正式发出了《关于成立 10 个全国性产业工会的通知》，要求各地工会在中华全国总工会领导下，在 1950 年 5 月以前将铁路、邮电、海员、纺织、燃料、五金、食品、教育、出版印刷、搬运 10 个产业总工会组织起来，以便统一努力生产的行动，便于经常教育，进行研究与规定统一的工资制度与福利待遇办法。

12月12日至19日，全国总工会召开店员工会工作会议，决定成立中国店员联合筹委会，要求按行业组织工会。

12月27日至28日，中华全国海员工会代表会议在北京举行。

1950年1月6日至10日，全国纺织工会代表大会在北京召开，选举出全国纺织工会代表大会的筹备委员会。同年7月15日至24日，中国纺织工会召开第一届代表大会，选举产生中国纺织工会全国委员会。

1月22日至2月2日，全国煤矿工会代表大会在北京举行，会议讨论了关于依靠工人，贯彻管理民主化，搞好生产的问题，关于废除把头制度和加强安全问题。

1月28日至2月6日，中国搬运工会第一届全国代表大会在北京举行。

会议决定彻底消灭搬运事业中的封建制度，建立搬运公司，规定合理运价，保障搬运工人的生活，达到货畅其流的目的。会议一致通过颁布搬运工人的劳动法规的建议，正式通过中国搬运工会章程，选出了全国搬运工会委员会。

2月7日至12日，中国铁路工会全国代表大会在北京举行，朱德副主席、林伯渠秘书长、全国总工会副主席李立三、铁道部部长滕代远到会祝贺。

会议宣告中国铁路工会正式成立，选举了全国委员会，通过《中国铁路工会章程草案》《关于开展合理化建议暂行草案》等6项决议。

3月18日至27日，中国邮政、中国电信两个工会在北京召开第一次全国会员代表大会，正式成立中国邮电全国委员会。

6月8日至17日，中国兵工工会第一次代表大会在北京举行，宣布中国兵工工会全国委员会正式成立。

7月7日至21日，中国电业工会第一次全国代表大会在北京召开，选举正式成立电业工会。

8月，中国教育工会正式成立。

8月3日，中国化学工会筹委会成立。

9月22日，中国新闻出版印刷工会筹委会成立。

12月15日至22日，中国机械制造业工会筹委会成立。

1951年3月5日，中国五金冶炼工会正式成立。

3月12日，中国盐业工会正式成立。

4月29日，中国食品工会成立。

8月2日，全国总工会常委会决定成立中国金融工会工作委员会。

在党和人民政府的高度重视和支持下，到1950年，全国各主要产业部门和主要城市的工人基本组织起来，共建立了16个全国性的产业工会领导机构，其中包括6个筹备委员会和3个工作委员会。

1951年新华社报道：

1950年全国工会工作获得重大成就。全国工会会员490多万人，各产业部门和重要城市中的职工已基本组织起来，有力地推动了国家生产建设事业。

到1952年底，工会会员已达1002.3万人，工会基层组织达到20.7万个，专职工会干部及各类不脱产的工会积极分子分别达到5.3万人和132万人。

组织起来的产业工人，在恢复国民经济、保卫人民政权、巩固人民民主专政各项事业中，都发挥了巨大的作用，作出了卓越的贡献。

毛泽东签发《工会法》

1950 年 6 月 29 日，中央人民政府主席毛泽东签发命令公布施行《中华人民共和国工会法》。

这是新中国的第一部《工会法》。

在 1950 年初，中华全国总工会同劳动部就开始组织人员着手《中华人民共和国工会法》的起草工作。

草稿起草出来，先后经过全国总工会召开的全国工会工作会议、全国劳动局长会议、全国政协财经小组会议、政务院第二十四次政务会议讨论修改通过后，向全国公布，公开征求全国人民的意见。

1950 年 5 月 4 日，全国总工会常委会下发发动各地工人讨论《中华人民共和国工会法》草案的通知，号召各地工会组织工人群众讨论。经广泛征求意见，集中加以修改，《中华人民共和国工会法》提交给在 6 月 28 日举行的中央人民政府委员会第八次会议讨论审定。

《中华人民共和国工会法》经中央人民政府委员会第八次会议通过后，于 1950 年 6 月 29 日公布实施。

1950 年 7 月 8 日，中华全国总工会发布《关于学习与实施〈中华人民共和国工会法〉的决议》，要求各级工会组织和广大职工群众认真学习、实施，并遵守和执行《中华人民共和国工会法》所赋予的各项权利和职责。

《中华人民共和国工会法》规定：

　　工会是工人阶级自愿结合的群众组织。工会组织原则是民主集中制。

关于工会的权利与责任方面，《中华人民共和国工会法》规定：

　　在国营及合作社经营的企业中，工会有代表受雇工人、职员群众参加生产管理及与行政方面缔结集体合同的权利。

　　在私营企业中，工会有代表受雇工人、职员群众与资方进行交涉、谈判、参加劳资协商会议并与资方缔结集体合同的权利。

　　工会有保护工人、职员群众利益，监督行政方面或资方切实执行政府法令所规定之劳动保护、劳动保险、工资支付标准、工厂卫生与技术安全规则及其他有关之条例、指令等，并进行改善工人、职员群众的物质生活与文化生活的各种设施之责任。

　　……

《中华人民共和国工会法》还规定，工会为保护工人阶级的根本利益，要做到：

教育并组织工人、职员群众，维护人民政府法令，推行人民政府政策，以巩固工人阶级领导的人民政权；

教育并组织工人、职员群众，树立新的劳动态度，遵守劳动纪律，组织生产竞赛及其他生产运动，以保证生产计划之完成；

在国营及合作社经营的企业中，在机关、学校中，保护公共财产，反对贪污浪费和官僚主义，并与破坏分子作斗争；

在私营企业中，推行发展生产、劳资两利政策，反对违背政府法令及妨害生产的行为。

……

《中华人民共和国工会法》的颁布，在我国工人运动史上有着划时代的伟大意义，充分体现了中国工人阶级的利益和意志。它以法律的形式确定了职工参加和组织工会的权利，以及工会的地位、作用、权利和职责，为更好地发挥工会在国家和社会生活中的重要作用提供了法律保障。

同时，《中华人民共和国工会法》的颁布实施，极大地鼓舞了全国工人阶级，有力地推动了工会的建设和发展。

改善工人生活条件

随着工农业生产的发展，职工就业人数明显增加，职工的生活水平显著提高。在此基础上，各地工会组织还积极开展了文化技术教育和文娱体育活动。

新中国成立之初，职工中有近一半人是文盲，他们的文化技术水平很低。为了改变这种状况，工会在党的领导下，配合行政举办了业余文化补习学校和业余技术训练班。工会还通过推行师徒合同、技术研究会、技术互助合同和先进生产者表演等多种形式，开展群众性的扫盲活动。这一活动的开展，使职工群众的文化技术素质有了明显的提高。

在这一时期，职工群众的文艺、体育事业也有了很大发展。各级工会依靠国家和群众的力量，兴办了大量的文化机构和设施。一些基层工会建立了图书馆和俱乐部，以及文艺演出队和体育运动队。工人群众通过参加活动学到了知识，活跃了气氛，增强了体质。

1955年10月2日，第一届全国工人运动会在北京先农坛体育场隆重开幕。

体育场的看台上坐满了首都各界群众，当党和国家领导人毛泽东、刘少奇、周恩来、朱德、邓小平、贺龙等同志走上主席台时，全场顿时欢声雷动。

全国总工会主席赖若愚致开幕词，贺龙代表党中央和国务院向大会致以热烈祝贺。

在大会上，刘少奇、周恩来、朱德同志分别为大会作了"开展体育运动，增强健康，为社会主义建设服务""开展职工体育运动，推进社会主义建设事业""增强职工体质，更好地为国家经济建设和国防建设服务"的题词。

参加这届运动大会的有铁路、煤矿、第一机械工业部、第二机械工业部、重工业、电业、纺织、邮电、公路运输、林业、农业水利、建筑、海员、店员、教育、轻工业、人民银行 17 个产业单位。比赛项目为足球、篮球、排球、田径、举重、自行车 6 项。

各产业单位通过逐级选拔比赛，在 120 多万名职工运动员中，选拔出 1709 名运动员参加了各项竞赛。大会期间，首都部分工厂、学校、"八一"体工队、中国人民解放军公安军和民主朝鲜青年代表团等 25 个单位的 9300 多名运动员，分别做了团体操、军事体育、看台组字和足球比赛等表演活动。

在各项比赛中，全体运动员比出了卓越的运动成绩，显示了良好的精神风貌。

有 10 名运动员打破了 8 个项目的全国纪录。其中男子铅球打破了保持 19 年之久的全国纪录；女子 3000 米自行车前 3 名的成绩都打破了全国纪录。全国著名劳动模范王崇伦代表重工业队参加了运动会的田径比赛，并获得男子组 200 米跨栏第 5 名。

工会组织在提高工人文化水平方面也做了不懈的努力。到 1956 年底，全国参加业余文化学习的职工已达 500 多万人，扫除文盲 53.5 万人。参加技术学习和科学知识讲座的工人人数更多。这对于提高职工群众社会主义觉悟和文化技术水平起到了良好的作用。

总之，通过开展各项活动，工会积累了许多经验，密切了同广大职工群众的联系，成为党联系群众的强大纽带和社会主义建设的坚强柱石。

发展劳动保险事业

新中国成立后，1950 年 1 月 1 日，《工人日报》发表了《庆祝胜利迎接胜利》的社论，把"建立与充实工会劳动保险部门的工作机构"列为全国总工会工作的"八项任务"之一。

早在 1948 年时，中华全国总工会副主席李立三就在哈尔滨主持起草了《东北国营企业战时暂行劳动保险条例草案》，并将在公营企业中推行劳动保险制度向中央写了请示报告。1948 年 8 月 23 日，党中央回电表示：

你们可以试行。

1950 年 1 月 28 日，在全国搬运工会代表大会上，通过了《关于解决搬运工人残疾、伤亡等待遇问题的暂行办法》。2 月 25 日，全国总工会常委扩大会议批准了这个办法。

2 月 7 日，在全国铁路工会全国代表大会上，建议政府实行全国统一的劳动保险暂行办法。因此，在李立三主持下，起草了《中华人民共和国劳动保险条例草案》。1950 年 10 月 30 日，中央人民政府政务院公布了这个草案，在全国广泛征求意见。

1950 年 10 月 31 日，全国总工会发出《关于发动广大工人群众讨论〈中华人民共和国劳动保险条例（草案）〉的通知》，要求各级工会组织有计划地在每个工会小组中作一次详细的讨论和解释，使每个工人都能了解条例的意义和内容。

《中华人民共和国劳动保险条例》经过几次修改讨论后，2 月 23 日，再次提交政务院第七十三次政务会议讨论通过；最后，于 1951 年 2 月 26 日由政务院公布，3 月 1 日起实施。

《中华人民共和国劳动保险条例》共七章三十四条，明确提出了对职工的生、老、病、死、伤、残实行保险，具体规定了劳动保险的实施范围、劳动保险金的征集与保管、劳保待遇和费用开支标准、劳动保险事业的执行与监督；其中对因工负伤、残疾、工人职员及其供养的直系亲属死亡、职工养老、职工生育、集体劳动保险等各种待遇都做了明确规定。

第四章还就享受优异劳动保险待遇也进行了明文规定，比如对本企业有特殊贡献的劳动模范、转入本企业的战斗英雄、残废军人的劳保待遇等都做了规定。

《中华人民共和国劳动保险条例》是中国工人阶级在中国共产党领导下，经过长期工作的胜利成果，是真正保护工人阶级利益的，为职工减轻了生、老、病、死、残的困难，使暂时或长期丧失劳动能力的职工在生活上有了基本保障，解除了职工的后顾之忧，充分体现了党和政府对职工群众的关怀，推动了新中国劳动保险事业的建立。

到1952年底，全国享受劳动保险待遇的职工约有220余万人，连同职工家属在内约在1000万人以上。《中华人民共和国劳动保险条例》的实施，使职工的切身利益有了保障，鼓舞了群众的工作热情，使他们的社会主义积极性进一步得到发挥。

从1950年起，国务院先后公布了《工厂卫生暂行条例》《工厂安全管理制度》等劳动保护法令、制度等。各级工会组织还协助工业部门和企业行政从上而下逐步建立劳动保护机构，工会自身也建立了劳动保护委员会。这些都说明劳动保护工作有了加强。

1953年1月2日，政务院第一百六十五次政务会议听取了李立三所作的说明后，通过了《关于〈中华人民共和国劳动保险条例〉若干修改的决定》及修改后的《中华人民共和国劳动保险条例》。《关于〈中华人民共和国劳动保险条例〉若干修改的决定》指出：

> 鉴于1951年2月颁布的劳动保险条例，是在国家财政经济还没有全面恢复情况下制定的，有些待遇规定得较低，在实施范围上只能采取重点试行办法。现在国家财政经济状况已经基本好转，大规模经济建设工作即将展开，自应适当扩大劳动保险条例实施范围并酌量提高待

遇标准。

《关于〈中华人民共和国劳动保险条例〉若干修改的决定》责成中央人民政府劳动部会同中华全国总工会，根据修正后的《中华人民共和国劳动保险条例》，从速修改劳动保险条例实施细则及有关法令并公布之。

修改的条例扩大了实施的范围，增加了养老补助费和放宽了养老条件，生育、丧葬、救济等费均有所增加。

工会有步骤、有计划地健全了产业与地方工会的劳动保护专职机构，加强了基层工会群众劳动保护工作，切实负起了《中华人民共和国工会法》所赋予工会组织对企业行政领导人员遵守和执行政府的劳动保护法令的监督职责，协助企业贯彻了安全生产方针，并有计划地培训了大批劳动保护专业干部和积极分子，对企业职工特别是新工人进行了劳动保护政策、遵守安全操作规程和制度的思想教育，普及了安全技术与工业卫生的科学知识。

几年中，国家用于劳动保护的拨款共有 2.9 亿元。

此外，工会还协助企业行政不断扩大劳动保险和公费医疗实施范围。到 1956 年，实行劳动保险的企业职工已达 700 多万人，享受公费医疗的职工达到 590 多万人。工会举办的疗养院、休养所的床位达 2.5 万多张，托儿所、哺乳室达 8200 多个，解除了广大职工的后顾之忧。

二、 爱国生产活动

● 宋世发偶尔一抬头，看见几个孩子正在团泥球玩。孩子们将一块泥团放在手掌心上，将两只手合起来，揉上几个来回，一粒圆球便制造出来了。

● 黄荣昌说："几千年前鲁班发明了斧头、刨子，我们今天总比鲁班强得多，只要肯干，不要说一部机器，就是十部、百部机器也能造出来！"

● 赵志坚为了寻找解决办法，跑遍了南昌市的工厂和图书馆，到处搜寻资料。

开展企业民主改革

1950 年 1 月，中国纺织工会全国代表大会通过了废除抄身制的决议。

2 月，中国搬运工会第一届代表大会通过了《关于搬运公司废除各地搬运事业中封建把头制度向中央人民政府的建议》。

4 月，政务院接受中国搬运工会的建议，并正式将该建议作为决定发到全国执行；同时，公布了废除各地搬运事业中封建把头制度暂行处理办法。

在这以后，除码头搬运工人首先起来开展了反对封建把头制度的斗争外，全国各地的工厂、矿山和交通等企业都相继开展了声势浩大的民主改革运动。各单位在党组织和工会领导下，纷纷召开座谈会、群众大会，发动群众对封建把头进行揭露，逮捕法办了罪大恶极的分子，并撤销了一般把头的领导管理职务。

在新中国建立后，每解放一个城市，党和政府就组织职工代表大会选举代表，与人民政府的接收人员一起，共同参与被接收企业财产的清理工作。

到 1949 年底，在工人阶级参与下，共接收了 2858 个官僚资本企业，约占我国工业固定资本的 80%。这些企业迅速而有秩序地被接收到人民手中，对于恢复和发展国民经济有十分积极的意义。

在企业被工人阶级接收以后，人民群众强烈要求废除封建把头制度。封建把头垄断劳动力的使用，是对工人压迫剥削的土皇帝；废除这种反动落后的制度，党和工会组织是坚决支持的。于是，一场企业中的民主改革运动广泛展开了。

1949 年 10 月，由于广州这个华南最大的城市是从帝国主义、封建主义、官僚资本主义的长期统治下解放过来的，因而封建反动残余势力仍很顽强。包括特务、恶霸、黑社会头子及其他反革命分子在内的封建反动残余势力，虽然在镇反运动中已遭到相当严重的打击，但还远未有彻底肃清。他们还在各方面潜伏着，以各种手段进行破坏活动，严重地危害了生产建设和城市建设。为了有力地打击封建残余势力，巩固人民政权，广州市的民主改革运动全面展开。

通过运动，私营工厂民主改革解决了各工厂内部的政治问题，培养了工人骨干力量，健全了基层工会，发展了党团组织，改变了生产面貌。

由于职工积极进行了生产改革和制度改革，不少工厂的产品产量和质量开始提高，废品次品数量大大降低，原材料消耗减少。有不少严重亏损的厂，经过劳资双方努力进行各种改革，终于扭亏为盈。

通过民主改革运动，基本上清除了厂矿企业中的封建把头、包工头等封建剥削制度，纯洁了工人阶级队伍，加强了工人阶级内部的团结；按民主的原则建立了企业的一些管理制度，为进一步开展大规模的群众生产运动打下了基础。

通过民主改革，在国营企业里建立起了全新的社会主义生产关系，工人群众的觉悟程度和组织程度有了进一步提高，培养了工人的主人翁责任感，激发了他们的劳动热情，推动了企业的生产和管理工作。

召开工农兵劳模会议

1950年9月25日至10月2日，全国战斗英雄代表会议和全国工农兵劳动模范代表会议在北京举行。

在会上，毛泽东代表党中央向大会致祝词，他说：

> 你们在消灭敌人的斗争中，在恢复和发展工农业生产的斗争中，克服了很多的艰难困苦，表现了极大的勇敢、智慧和积极性。你们是全中华民族的模范人物，是推动各方面人民事业胜利前进的骨干。
>
> ......

他号召全国人民向英雄模范学习，同时号召英雄模范继续向广大人民学习，为经济建设和国防建设作出新的贡献。

在会上，中华全国总工会副主席做了会议总结。政府授予全国劳动模范称号的有464人。

在这些劳动模范中，有一位我国第一粒滚珠的制造者，他叫宋世发。

宋世发，1922年生于辽宁复县。他16岁就到滚珠厂当了研磨工。他当了8年工人，学到了一手好技术。

1948年春，宋世发担任了研磨车间研磨小组的组长。他带领小组的工人开展了"红五月"生产竞赛。同年10月，他光荣加入了中国共产党。

瓦房店滚珠厂是当时我国唯一的一家生产滚珠轴承的工厂。这个厂以前被日本人霸占，生产的滚珠轴承由日本人垄断，日本人不允许中国工人掌握制造滚珠技术。

新中国成立后，工厂虽然回到了人民手中，可是机器却被日本人运走。工厂不但无法制订1950年的生产计划，而且面临全面停工停产的危险。这样一来，不单1000多位工人没有工做，全国许多需要滚珠轴承的工厂和矿山机械都将受到影响。

不久，工业部将一批制造滚珠的破损机器给滚珠厂运来，要求这个厂的职工想尽办法将这些破损机器修复，然后研究制造滚珠的方法，生产出我国自己的滚珠。

就在这关键时刻，宋世发勇敢地站出来，承担了研制滚珠的任务。工厂为此专门成立了一个研究小组，由宋世发领导。从此，宋世发付出了巨大的劳动和心血，历尽失败的苦恼和成功的欢乐。

要研究出制造滚珠的方法，摆在宋世发面前的首要任务，就是将那些破损的机器修复好。可是那些机器只剩一副空架子，重要的部件一个都没有。

宋世发带领研究小组的工人修旧利废，一边研究机器的原理，一边修配各种短缺的部件。两个月后，他们终于将破损的机器修复了。

宋世发在滚珠厂当了10多年的研磨工人，虽然有丰富的研磨经验，可却从没制造过滚珠。他整天蹲在机器旁看来看去，始终想不出个头绪。可是，他不相信中国工人就制造不出滚珠来。

　　为了早日造出滚珠，宋世发到处去找参考书，请教技术人员。时间一天天过去了，工厂领导着急，宋世发更着急。他决定不再去翻那些根本没有太大作用的书本，而是靠自己想办法，将滚珠制造出来。

　　想不到发生在生活中的一件小事，却打开了宋世发智慧的闸门。那是一天晚上，他刚吃过晚饭，又开始在冥思苦想。由于一时想不出主意，他便到院子里去散步。这时，他偶尔一抬头，看见几个孩子正在团泥球玩。孩子们将一块泥团放在手掌心上，将两只手合起来，揉上几个来回，一粒圆球便制造出来了。

　　宋世发看到这里，心里豁然开朗。他从孩子们团泥球的过程中发现了研磨滚珠的道理。他立刻赶回工厂，找来两块钢料，将钢料加工成两块托球板，安在机器上，用来代替孩子们的双手，然后，将一些研磨滚珠的小钢料夹在中间。可是，当机器运转起来后，夹在中间的原料却滑出了托球板。

　　为了防止原料滑出，宋世发就在托球板上刻上了一道折形三角沟将原料托住了。因为托球板是用钢料做的，又硬又滑，起不到研磨作用，有的原料竟被压碎了。宋世发又采取别的办法，在托球板上加上了一层胶皮。

但是，胶皮软、有弹性，使原料承受的压力不均，加工出的滚珠有大有小。后来，宋世发又将托球板改为生铁的，虽然这样能够起研磨作用，可是研磨出来的滚珠还是不符合要求，其精密度比标准规格大了数十倍。

一次又一次的失败并没有动摇宋世发的决心。他把研究小组的人召集在一起，发动大家想办法、出主意。经过人们多次的研究讨论，决定还是在托球板上打主意。他把上面的压球板做成平板，将下面的托球板制成螺旋板。这样一来，终于研磨出了合乎标准规格的滚珠。这就是我国自己制造的第一粒滚珠。

从1949年春天起，经过8个月的研制和上百次的失败，宋世发终于用辛勤的汗水换来了丰硕的果实，仅一年多就生产出了3.5万套滚珠。

宋世发为祖国和人民立下了功绩，受到了党和人民的尊敬，工厂授予他"特等劳动英雄"称号，东北人民政府工业部授予他一等奖章。在1950年召开的全国工农兵劳动模范大会上，他又被授予"全国劳动模范"称号。

当时，在辽宁省抚顺露天煤矿有一位全国著名的劳动模范，他叫张子富。

1914年，张子富生于山东营县。他22岁时参加了山东抗日游击队。

1945年日本投降后，张子富到抚顺露天煤矿当了工人。1949年2月，张子富当了生产组长，同年加入中国共产党。

刚解放时，矿上有些工人对共产党和人民政府尚缺乏了解，再加上一些敌人的造谣破坏，工人们的情绪极不安定，干活儿不起劲儿。当时在工人中间流传着这样一句话："干不干，二十万，苞米碴子小米饭。"有的人出工不出力，工作效率很低。

　　张子富看到有的工人干活儿不起劲儿，心里十分着急。他决定成立一个"学习小组"，哪里的活儿最难干，就到哪里去干，用自己的实际行动去影响和带动群众。

　　张子富开始组建学习小组时，响应的人不多，有的人还骂他。张子富不生气，也不灰心，终于动员了 5 个人。这个学习小组就成了抚顺出现的第一个突击组。

　　突击小组在张子富的带领下，首先在由坑下到坑上的主要运输道上开展了突破生产定额的示范活动。以前，工人们每天是 8 时上班，其实 8 时才到大坑，到 9 时才下坑，到坑底再拢点儿火烤烤，说说闲话就是 10 时多，干到 13 时就收拾工具，14 时上坑，说是每天工作 8 小时，其实只干 2 个多小时。这些人装 3.3 吨的煤车，每人每天只装 1 车。

　　张子富带领的突击小组，第一天在 6 时之前就到了大坑，6 时下坑干活儿，14 时收工时，平均每人装煤 3.7 车，后来达到 5.5 车。在张子富和他的小组影响下，蔡长智小组起来急追张子富，达到了每人每天装 3 车煤。接着，整个产量都提高了。

　　这时，张子富小组发展到 8 名组员，矿党委正式将小组命名为"张子富突击队"。矿长提出，让张子富带领突击队到生产落后的西大卷去。于是张子富转战西大卷，向西大卷提出了挑战。

西大卷有些工人听说张子富来了，想给张子富一点儿颜色看看，故意让张子富他们干装白泥的活儿。这种活儿又吃力又难干。

张子富不挑拣，第一天平均每人装了一车，对方装了一车半。第二天，张子富突击队每人装了两车，对方还是一车半。到了第三天，对方一鼓劲儿，每人装了两车，张子富突击队装到 2.8 车。

在张子富的影响下，西大卷工人的劳动热情高涨起来了，装煤车每人每天达到了 6 车，装白泥达到了一车半。后来，张子富率领突击队把所有露天掘大坑的工区突击了一圈，从而掀起了整个矿区的生产热潮，一批批突击队涌现出来。

矿区的西下盘有两个放炮班，有工人 24 名。这两个班窝工现象十分严重。当煤矿搞按工定员的时候，这两个班都不肯减员。

张子富决定促一促这两个班的劳动态度。他找来 5 个放炮手组成了一个放炮突击队，每天干的比 24 个人还多。张子富带着这个突击队一连干了 3 天，使原来那两个放炮班深受感动，自动要求减去 10 个人，劳动态度也变了。

后来，张子富看到刘山的洗煤班浪费极大，洗煤的水里有很多煤块白白地流走了。张子富又组织了一支洗煤突击队到了刘山。洗煤班的人听说张子富要来，骂他："张子富又跑到我们这里刮旋风来了！"

张子富一点儿也不计较，仍然埋头苦干，用模范行动感动了刘山的工人群众。

从那以后，洗煤班的工人们不仅把水里的煤掏干净了，而且还提高了生产效率，由过去每人每天洗五六百公斤煤，提高到了1吨多，每月能给国家节约1647吨煤。

张子富不仅在生产上是个模范工人，而且还是一个模范的教育工作者。他常常用工人阶级的思想去教育后进工人，改造其落后思想。

西下盘有一个"调皮班"，这个班里都是一些调皮捣蛋的后进工人。张子富不嫌弃这些人，认为"烈马会拉好车"。

这个组有个姓杨的工人，因打架斗殴，曾被法院教育了一个多月，回到矿上谁都不要他。就是这样一个人，在张子富的教育下，成了生产上的骨干和积极分子。"调皮班"被张子富改造成了"模范班"。

刘山洗煤班有个叫纪宝全的，在伪满和国民党时期，就是刘山洗煤班的小把头，平时养成了好吃懒做、油滑捣蛋的坏习惯。这个人在张子富的教育帮助下，改过自新，后来成了张子富得力的助手，还被选为劳动模范。

张子富用模范行动赢得了群众的拥护，1950年5月被工人群众选为煤矿工会副主席。他还担任过采煤系长、采煤科长、抚顺市人民政府委员等职。

1949 年，在抚顺矿务局召开的劳模大会上，他被选为劳动英雄。1950 年，张子富被选为全国劳动模范。

这次全国工农兵劳动模范代表会议，进一步推动了爱国主义劳动竞赛在全国更加深入地开展起来，各行各业都涌现出了大批先进模范人物。

开展劳动竞赛活动

1950 年，朝鲜战争爆发。

1950 年 11 月 6 日，全国总工会发表《关于号召全国工人阶级开展抗美援朝保家卫国的宣言》。从此，全国职工开展了轰轰烈烈的抗美援朝运动。

许多厂矿的职工群众掀起了参加战地服务工作、参加各地军事干部学校学习的热潮。到 1951 年 3 月底，仅华北地区参加军事干部学校的工人就有 1.2 万多人，另有 1326 名汽车司机和 1140 名医务工作者积极报名。东北地区赴朝参战的职工更多。

后方的工人群众还开展了订立爱国公约、捐献飞机大炮、开展爱国生产竞赛等活动。

到 1951 年 3 月底，全国参加爱国生产竞赛的厂矿单位达到 2810 个，参加竞赛的职工达到 223 万多人。

在全国总工会倡导发动的生产大竞赛中，涌现了一大批劳动模范、先进生产者、先进集体，其中有许多著名的模范典型，如：马恒昌小组、"毛泽东号"机车组、郝建秀工作方法等等。

新中国第一代著名的全国劳动模范马恒昌是马恒昌小组的创始人，也是全国劳动竞赛和职工民主管理活动的创始人。

马恒昌原是沈阳第五机器厂的一名车工。1948 年 11 月，工厂回到了人民手中，被工友推选为车工组组长的马恒昌，怀着翻身解放的喜悦和对党的感恩之情，带领 9 名组员冒着敌机轰炸坚持生产，提前 5 天完成了制造高射炮闭锁机的任务，保证了工厂修复 17 门高炮任务的完成，有力地支援了前线，受到东北人民政府和军区的表彰。

1949 年 1 月，工厂组织开展了迎接"红五月"生产竞赛活动。马恒昌带领车工组积极参赛，大家一面苦干实干，一面大搞技术革新，生产效率成倍提高，质量合格率达 100%，最终以优异成绩夺得竞赛的第一面流动红旗。

4 月 28 日，工厂召开总结大会，充分肯定了车工小组的经验，称赞这是工人阶级的创举和奇迹，决定以组长马恒昌的名字命名车工组为马恒昌小组。从此，每年 4 月 28 日就成了这个英雄集体诞生的纪念日。

小组命名后，进一步激发了组员的生产热情，在创新纪录运动中，仅半年时间就创造了 10 项新纪录，改造了 18 种工具，工效提高 1 至 3 倍，10 名组员在 8 个月内全部加入了中国共产党。

在生产工作中，马恒昌注重发挥模范带头作用，同时依靠组员民主管理班组各项事务，提出了"小组的事大家管，小组的活儿大家干"的口号，在小组内设立生产干事、文化干事、生活干事等六大员，并建立了首件交检、邻床互检、三人技术互助以及安全生产、交接班等管理制度，极大地发挥了职工参与管理的积极性和创造性，开创了我国职工参加企业民主管理的先例。

1950年9月，马恒昌代表小组出席全国第一届工农兵劳动模范、战斗英雄代表大会。马恒昌被授予全国劳动模范称号，同时，马恒昌小组也被命名为全国劳动模范集体。

1950年，马恒昌先进小组改进了15种工具，创造了25项新纪录，提前完成了任务，质量达到标准的99%。

1951年1月17日，东北第五机器厂马恒昌先进小组向全国工人提出开展劳动竞赛的倡议。

他们提出的竞赛条件主要是：团结技术人员，搞好师徒关系，遵守劳动纪律，注意生产安全，加强技术和时事学习，提高政治觉悟，改进操作方法，保质保量完成任务。

马恒昌小组的事迹和倡议由《工人日报》刊登发表后，得到了全国广大职工的响应，立即在全国掀起了学习马恒昌小组的竞赛热潮。

第二天，中国机械制造业工会筹备委员会向全国机械制造业全体职工发出号召，号召全国机械制造业职工向马恒昌小组学习，进一步深入开展爱国主义生产竞赛。

随即，中国纺织、铁路、邮电、化工等各工会先后决定，号召所属企业职工迅速向马恒昌先进生产小组挑战，深入开展抗美援朝爱国竞赛。

23 日，《工人日报》再次发表《开展马恒昌小组比赛运动》的社论。社论指出开展马恒昌小组比赛运动，是我国工人阶级用自己在生产上的实际行动来热爱祖国的一种表现。

29 日，马恒昌给全国应战工友写信，对全国性的生产竞赛提出三点希望：一、要说到做到，我们小组首先要做个榜样，到一定时候，在报纸上公布成绩；二、不要光是向我们小组应战，你们还要向全厂每一个小组挑战；三、不要犯冷热病，要持久地经常地竞赛下去。

31 日，青岛 3 万纺织工人向全国同行挑战，提前半月完成全年任务。

2 月 7 日，全国总工会常委扩大会议作出《关于开展马恒昌小组竞赛运动的决议》，要求各级工会组织：

> 对这一自发的竞赛运动，要给予热情的支持和充分的重视，切实加强组织领导，使之更有计划、有领导地稳步开展起来。
>
> 对马恒昌小组竞赛中的各种生产经验，要有计划地大力进行宣传。

据《人民日报》报道，全国有 1400 余家单位向马恒昌小组应战，推动了生产，创造了优异成绩。全国参加竞赛的单位 2811 个，有 5522 个小组向马恒昌小组应战。

在开展劳动竞赛活动中，青岛第六棉纺厂青年女工郝建秀创造了一套科学的细纱工作法。全国总工会随即在全国大力加以推广。

8月7日，《工人日报》发表《重视和推广郝建秀工作法》的社论。

8月17日，中国纺织工会召开棉纺细纱职工代表会议，推广郝建秀工作法。全国各地优秀的细纱工人和技术人员代表参会，中华全国总工会副主席到会发表讲话，指出郝建秀工作法是我们国家的宝贵财富，号召全国纺织工人打破保守思想，认真学习郝建秀工作法，增加生产，为祖国贡献更大的力量。

8月22日至30日，中国纺织工会在青岛举办了郝建秀工作法学习班，在全国纺织行业推广郝建秀工作法。

在劳动竞赛活动中，铁路系统出现了一个先进集体"毛泽东号"机车组。

1946年4月，在东北解放区哈尔滨到满洲里铁路上的肇东车站，有一台千疮百孔、破烂不堪的报废机车。哈尔滨机务段的工人们克服重重困难，精心修理，使这台死车复活了。

为了纪念工人阶级创造的这一不平凡的业绩，经上级批准，1946年10月30日，这台机车被命名为"毛泽东号"机车。

解放战争期间，"毛泽东号"机车承担着运送部队和战争物资的任务。从辽沈战役、淮海战役到平津战役，"毛泽东号"的英雄们冒着枪林弹雨，一次次地圆满完成任务。

1949 年，这台在解放战争中立过汗马功劳的模范机车来到了北京，留在丰台机务段，编入北京铁路分局的机车序列，后经过几次换型。在全国数千台火车头中，"毛泽东号"机车是保养得最好、节省燃料最多、安全运行时间最长、从未出过任何责任事故的优秀机车。它创造了安全行驶 820 万公里的全路最高纪录。

从战争年代开始，"毛泽东号"机车车组人员始终把永不自满、永不停顿、安全运输作为机车组永恒的主题。他们在全路率先提出和推广了"责任心加责任制加基本功等于安全"的经验和方法，使一次出乘的上百个作业环节实现了制度化、程序化、标准化，从而保证了行车安全，为铁路运输作出了突出贡献。

"毛泽东号"机车车组多次被评为全国、全路的先进集体和安全标兵。

在开展劳动竞赛活动中，中华全国总工会还总结推广了铁路系统的"满载超轴 500 公里"运行经验；公路运输系统的"十万公里无大修"；煤矿系统的"施玉海安全生产"经验和"马六孩快速掘进法"；食品工业的"李川江榨油法"；邮电系统的"郭秀云长话操作法"；建筑业的"苏长有分段连续快速砌砖法"等。

在劳动竞赛中，食品工业的"李川江榨油法"是全国油脂工业的一面旗帜。

李川江 1920 年生于山东巨野。1948 年，他进入吉林省四平东茂泰油厂当了工人。

新中国成立后，在 1950 年，为了结束食用油紧缺的历史，李川江提出要创造每百斤大豆出油 6 公斤的新纪录。

1950 年冬天，李川江带领工友们创造了每百斤大豆出 6.5 公斤油的好成绩。对此他并不满足，继续带头挖掘生产潜力，发明了"出炕快、翻炕快、下炕快"的"三快"操作法。

1952 年，李川江又突破了百斤大豆出油 7 公斤的大关。这年五一国际劳动节，他被邀请到北京参加庆祝活动，见到了毛泽东主席。

1954 年，在全国油脂工业第一次技术交流会上，有关部门向全国推广了"李川江榨油法"，命名李川江为"全国油脂工业的红旗"，向他颁发了金质奖章。

8 月，李川江在吉林省第一届人民代表大会上被选为全国人大代表。他感到肩上的担子更重了。他认为他的榨油法是在陈旧落后设备条件下创造的，虽使每百斤大豆出油量增加了一倍，但仍然无法满足油脂工业发展的要求。因此，他建议改进设备，实现浸出机械化生产。

1959 年 7 月 1 日，这套设备作为献给党的生日礼物正式投产，使榨油工序的工人由 102 人减到 36 人，每百斤大豆出油达到 8.1 公斤，油的质量也达到了一级标准。

接着，李川江和技术人员一起，在粮食部科研院的帮助下，制成了"葵花壳仁分离机"，自制了"磷质加热罐"和"磷质浓缩机"，为葵花油的生产和从废油中提取磷质闯出了一条新路。

1977年，李川江用了一年多的时间，在对原有设备改造的同时，增修了8个自动入仓、自动倒仓、自动投料的立筒库；把间歇式蒸发器改造为连续式蒸发器；改造了漫出器，转动周期由220分钟缩短为160分钟，将日处理大豆能力由100吨增加到130吨。

进入20世纪80年代后，李川江又实现了三项技术革新，一年可为国家增加60多万元收入。他还试验成功从苍耳子、山黄麻等10多种野生植物中提取油脂的方法。

在1956年、1979年，李川江先后在全国先进生产者代表会议、全国劳模表彰大会上被授予全国先进生产者和全国劳动模范称号。

在当时，这些先进集体都在各自的产业系统中直接推动了生产的发展，加快了国民经济恢复和发展的步伐，有力地支持了抗美援朝。这些先进典型也成为我国工业战线上的光荣旗帜。

推广五三工厂经验

1952 年 11 月，在全国工会基层工作会议上，介绍推广了沈阳五三工厂工会工作的经验。

沈阳五三工厂的主要经验是：政治工作与经济工作相结合，党、政、工、团有明确的依靠工人阶级的思想和群众路线的工作方法；在思想一致的基础上建立一套正常的工作秩序；充分发扬批评与自我批评的精神等等。

原来，新中国成立后，在全国国营企业的恢复与改造工作基本完成以后，不少厂矿企业中还存在着某些混乱现象。主要问题是：基层工作薄弱，没有一套正常的工作秩序，党、政、工、团的力量没有得到很好的组织，工会自身也存在许多问题。

为适应国家有计划、大规模经济建设的需要，改进工会领导机关的工作作风，加强基层工会工作，1952 年 7 月，全国总工会提出了工会工作要"面向生产，面向基层，面向群众"的号召。

1952 年 12 月 24 日，全国总工会发出《关于推广五三工厂工会工作经验的决定》。

26 日，《工人日报》发表了《努力做好基层工作，迎接国家大规模的经济建设》的社论。

28 日，《人民日报》发表题为《推广五三工厂的经验》的社论。

这些决定和社论明确提出：

> 要把工会基层工作做好，工会必须接受共产党的领导，要善于在党的领导、行政的支持下进行工作。必须执行以生产为中心的生产、教育、生活三位一体的任务；必须贯彻依靠群众，发扬民主，走群众路线的方法，保持与广大工人群众的联系。并且强调这是工会组织迎接国家大规模经济建设的最实际最中心的任务。

五三工厂经验的推广，进一步加强了基层厂矿的工作，整顿和建立了厂矿基层工会的正常秩序。

当时，在河北省龙烟钢铁公司庞家堡铁矿有一个"马万水小组"，这个小组一直是全国黑色金属矿山掘进冠军。组长马万水带领全组月月提前超额完成国家计划，曾9次创造全国黑色金属矿山掘进的最高纪录。

马万水的最大特点是：吃苦耐劳，以身作则，善动脑筋，勇于创新。他带领"马万水小组"创造了深坑作业法等200多项先进技术，形成了一套比较完整的快速掘进先进经验。

在"马万水小组"工作的现场，每个人都头上淋水、脚下流水，环境十分艰苦。作为组长的马万水总是以身作则，带头苦干。平日开风机需要两个人，他一个人开一台；运送矿石的时候，他一个人顶两个人；打眼放炮时，他总是先让别人离开，自己走在最后；遇上危险的活儿，他又总是抢在别人的前头。

马万水还善于发扬民主，遇事都会同组员商量。每次接受任务时，他总是发动组员认真讨论，然后再布置任务。布置时，他又会首先把党团员叫在一起，研究保证完成任务的办法，然后再召集全体组员讨论，普遍征求意见。

为了保证完成每天的生产任务，上班前，马万水先要召开全组人员碰头会，根据每个组员的能力分配工作。小组里出了问题，他总是第一个检查自己，从自己身上找原因，带头自我批评。组员们说："我们的组长真民主！"

马万水在小组内，不仅善于发挥骨干的作用，而且善于团结和带动后进工人。无论多懒散的人，一调到他的小组，就会变得积极起来。

由于马万水处处以身作则，带头苦干，再加上他有一套好的工作方法，所以这个小组的工人都很团结，积极性都能得到充分发挥。

1950 年 6 月，"马万水小组"以独头掘进 23.7 米的成绩，创造了全国纪录，被评为省里的模范集体。同年 9 月，马万水出席了全国工农兵劳动模范大会，被授予全国劳动模范称号。他领导的小组被正式命名为"马万水小组"，获得集体模范称号。

1950 年，朝鲜战争爆发后，全国开展了抗美援朝爱国主义生产竞赛。

在这次竞赛中，马万水一马当先，首先召开了全体组员会。在会上，他说："我们当牛做马的日子已经过够了！共产党、人民政府解放了我们。矿山已经属于我们工人自己了，我们决不容许美帝国主义者再来骑在我们的脖子上！我们要用增加生产的实际行动来支持抗美援朝！"

在马万水的带领下，"马万水小组"首先向全矿其他小组提出了挑战。1951 年 1 月，马万水带领小组又向宣化市各厂矿的小组提出挑战。在马万水的带动下，宣化市很快出现了挑战和应战的竞赛热潮，生产大幅度上升。

1952 年 10 月，马万水当了采矿部的副主任。1956 年，他带领"马万水小组"9 次创造了全国黑色金属矿山掘进的最高纪录后，掘进率比 1949 年提高了 180 多倍。

1958 年上半年，冶金部在龙烟钢铁公司召开了全国快速掘进现场会，向全国冶金矿山推广马万水和他小组的经验。从海南岛到黑龙江，包括有色金属矿山、煤矿、铁道等部门在内的近百个企业都派出代表前去取经。仅龙烟钢铁公司内部推广"马万水小组"的快速掘进先进经验后，7 年中，平均掘进进尺就增长了 17 倍。

在成绩和荣誉面前，马万水和他的小组并没有止步。1959 年 9 月，他们又创造了独头掘进月进尺 429.7 米的全国最高纪录。这一年，马万水和他的小组出席了全国先进生产者代表会议，他的小组被选为全国的先进集体。这时，马万水又担任了矿基本建设处主任一职。

马万水不仅带出了一支过硬的队伍，成为全国黑色金属矿山掘进最高纪录的保持者，而且培养和造就了一大批人才。

据统计，从 1949 年起到 1959 年止，这 11 年间，马万水小组向国家输送了 73 名工人，这些人分别担任了车间和工区的一级干部，培养出了 160 多名技术工人。

当时，工会组织推广五三工厂经验的活动，使许多落后的厂矿迅速改变成为先进的厂矿，而且厂矿领导干部也学会了领导企业的具体经验。

总工会召开七大会议

1953 年，为迎接新的建设高潮，进一步确立新时期工会运动的方针，全国总工会决定召开第七次全国劳动大会。

为了做好大会的准备工作，1953 年 1 月，全国总工会召开六届二次执行委员会扩大会议。

这次会议对全国六次劳动大会以来的工会工作进行了总结，并对以后工会运动方针和工会工作做了具体的研究和讨论，并将第七次全国劳动大会改为中国工会第七次全国代表大会。

1953 年 5 月 2 日至 11 日，中国工会第七次全国代表大会在北京召开。

出席会议的代表 830 人，代表全国 1020 万会员。世界工会联合会代表团和来自世界 20 多个国家的 30 多个工会组织的代表也应邀列席了会议。

在会上，刘少奇代表党中央向大会致了祝词，他说：

> 我们祖国现正开始进入一个新的历史时期，并向我们提出了新的历史任务，这就是实现我们国家的工业化和逐步过渡到社会主义社会的任务。

这个事业现已开始，几百个建设工程已经或即将进行，并将以不断扩大的规模继续进行。这个历史任务的胜利完成，将使我们的国家和人民大大富强起来，但这是特别有赖于中国工人阶级作更有组织和更高觉悟的斗争的。

为了完成这个新的历史任务的目的，我们必须尽最大的努力充分地发挥广大工人群众的积极性和创造性，为完成与超额完成国家的经济计划而奋斗！为提高劳动生产率，提高产品质量，严格节约和降低产品成本而奋斗！

而这就需要很好地实事求是地去组织工人群众的劳动竞赛，及时地发现和认真地研究一切新的先进的经验与合理化建议，特别要学习苏联的先进经验，并且实事求是地去推广先进经验，不断地提高工人群众的技术水平和文化水平，加紧训练日益增多的新工人，并使老工人用正确的态度去对待新工人，帮助新工人。

为了这个目的，我们必须对工人群众加强共产主义的教育，提高工人群众的觉悟程度，使他们认识到全体人民的利益、国家利益与个人利益的一致性，同时，必须采取批评与自我批评的方法去克服企业中的各种缺点和错误，反对官僚主义，反对破坏劳动纪律的各种现象，大大地巩固劳动纪律。

为了这个目的，我们还必须经常地、密切地关心工人群众的生活状况，在增加生产的基础上，按照必要与可能逐步改善工人的物质与文化生活和工人的工作条件。

我们相信：我们是一定能够克服各种困难，把中国建设成为一个幸福的社会主义的工业强国的。

赖若愚向大会作了《为完成国家建设的任务而奋斗》的工作报告，报告指出：

在国家建设时期，我们工会组织最重要最基本的任务，就是在中国共产党的领导下，联系并教育工人群众，不断地提高工人群众的觉悟程度和组织程度，巩固工农联盟，团结各阶层人民，积极地完成国家建设计划，并在发展生产的基础上，逐步地改善工人阶级和全体劳动人民的物质生活与文化生活，为逐步实现国家的工业化与过渡到社会主义社会而斗争。

劳动竞赛的特点是着重于劳动与技术相结合，推广先进经验，发掘生产潜力，提高劳动生产率，提高产品数量和质量，注意劳动保护和技术安全。从突击到经常，从初级到高级，是劳动竞赛一般的发展过程。劳动竞赛的发展与提高，是群众思想觉悟和技术水平不断提高的过程；是把生产中的落后者逐步地提高到先进水平的过程。

大会通过了《关于中国工会工作的报告》和《关于修改中国工会章程的报告》，以及《关于拥护世界工会联合会召开世界工会第三次代表大会决议》。

大会选举出全国总工会七届执委 99 人，候补执委 42 人。赖若愚当选为全国总工会主席，刘宁一、刘长胜、朱学范当选为副主席。大会还选举了主席团委员 24 人，推选了书记处书记 8 人。刘少奇继续担任全国总工会名誉主席。

这次大会标志着中国工人运动和工会工作发展进入一个新的历史时期。

开展技术革新运动

1954 年 4 月 15 日，全国工业劳动模范张明山、王崇伦、唐立方、黄荣昌、刘祖威、朱顺金、傅景文 7 人，向全国总工会提出在全国范围内开展技术革新运动的建议。

1954 年 4 月 20 日，全国总工会主席团第五次会议赞成并支持张明山、王崇伦等 7 人关于在全国范围内开展技术革新运动的建议，通过了在全国范围内开展技术革新运动的决定。这个决定经党中央书记处讨论批准后，于 5 月 27 日正式下达。

在各级工会的组织下，全国职工立即响应，迅速掀起了提高技术、改进技术、学习掌握新技术的热潮。

在技术革新运动中，出现了许多创新能手。其中一位是全国著名的技术革新能手周阿庆。

周阿庆，1923 年生于浙江宁波。他出身贫苦，从 17 岁起就在上海等地当学徒。1955 年，他在南京无线电厂当了压铸工人。

长年的劳动使周阿庆在生产上积累了丰富的实践经验，再加上他学技术十分刻苦，因此练就了一身硬功夫。

1958 年，周阿庆实现 11 项重大的技术革新，仅其中改进的模具旋钮心技术就可以提高工效 950 倍，其他革新有的提高效率 480 倍，最小的在 30 倍以上，他一举成为技术革新的能手。

不怕困难，不迷信专家权威，是周阿庆的一大特点。他的这种可贵品质在改革压铸机模具时表现得尤为突出。

1958 年 7 月，周阿庆加工一种六角套筒的零件。这种零件很薄，因模具设计得不合理，加工时竟有 60% 的废品。周阿庆见浪费惊人，便决定自己动手，改革设计。

经过一番苦心钻研，周阿庆大胆地设计出了一种小型模具，使压铸出来的零件全部合格。周阿庆的这种敢想敢干、不怕困难、不迷信权威的品质，鼓舞了不少工人去同困难作斗争。

1959 年是周阿庆在技术革新方面继续取得成就的一年。这一年的 2 月，当周阿庆听说工厂完成国家计划尚欠 20 多万个工，只有增加 100 个工人才能完成国家生产计划的时候，他挺身而出，决定在技术革新上挖掘潜力，寻找出路。

周阿庆同技术人员郑纪根合作，将一台只能压铸锌合金零件的压铸机改造成能压铸锌铝合金的机器，提高工效几十倍，一年为国家节约 15 万个工时，解决了全厂的技术关键。

这一年 5 月，工厂要生产一批恒温槽零件，因加工工艺不过关，加工 50 件却只有五六件合格。每加工一件需要 200 多个小时，浪费之大，没有一个人不为之痛心。

这时，周阿庆又站了出来，经过两个月的苦心钻研，

终于制造出了一副压铸模。这个重大的新工艺使加工恒温槽零件由一件需 200 个小时缩短到只要 30 个小时，合格率达到 99%。这一年，他还实现革新 30 多项。

周阿庆以优异的成绩，在这一年被选为江苏省劳动模范。不久，他又被命名为全国先进生产者，出席了全国群英会。

在技术革新运动中，还出现了一位中国木工机械化的开路人、全国著名的劳动模范，他就是黄荣昌。

黄荣昌，1926 年生于碚县。他的童年是在苦难中度过的。他 11 岁那年，父母在逃荒中死去，他成了一个孤儿，只好跟着姑母生活。

日本侵略者轰炸重庆时，姑母全家 5 口人被日本鬼子投下的燃烧弹活活地烧死。他无依无靠，四处流浪。后来，他到了一家雕花铺当学徒。在学徒期间，他经常挨打挨骂，7 年后被开除了。从此，他又开始四处流浪。

新中国成立后，他在重庆钢铁公司木工房当了工人。在党的教育下，他的阶级觉悟提高得很快。为了尽快地把新中国建设得更加繁荣昌盛，他工作积极，埋头苦干。

当时，我国木工技术十分落后，工人干活儿全靠手工操作，使用的都是斧头、刨子等简单的手工工具，不仅劳动强度大，而且效率很低。黄荣昌尽管拼命地干，可是比起车工用机床干，还是不知要慢多少倍。他见一天干不了多少活儿，心里特别着急。

黄荣昌是个很有头脑的人，不甘心长期依靠笨重的体力劳动来建设新社会，决心革掉斧头、刨子的命，使木工操作实现机械化。这时是 1951 年。

黄荣昌最初的打算是想创造一部锯木机，因为锯木头实在太困难了。可是这个消息一传出去，立刻遭到了一些思想守旧人的非难。

有人说："木工能造机器，那祖祖辈辈的老木匠都是傻子？"

也有人说："要是木匠都能创造机器，那机器匠就不值钱了！"

有些干部说他是"打懒主意""不务正业"等等。

黄荣昌听了心里十分难过。幸好党组织了解他，支持他，并鼓励他说："你尽管大胆地干，只要依靠党，依靠群众，就一定能创造成功。"

从此，黄荣昌创造锯木机的信心更坚定了，干劲儿更足了。

他说："几千年前鲁班发明了斧头、刨子，我们今天总比鲁班强得多，只要肯干，不要说一部机器，就是十部、百部机器也能造出来！"

创造机器的过程本来就是十分艰苦的，特别是对于识字不多、对机械原理一窍不通的普通木工来说，在技术条件十分落后和原材料极度缺乏的情况下，更是异常的艰巨。

为了造出锯木机，黄荣昌不懂就问，不会就学。缺乏原材料，他就到废料堆里去找。他从早到晚忙个不停。

不久，他终于真的造出了一部手摇锯木机。虽然这部手摇锯木机十分简单，但是，它对我国木工由手工操作发展到机械操作迈出了可喜的第一步。

后来，在这部手摇锯木机的基础上，他经过了一年的努力，几经改造，终于创造出了我国第一部电动锯木机。

第一部电动锯木机的首创成功，更加激发了黄荣昌的创造激情。他大胆地提出了一个要使木工实现全面机械化的设想。党组织支持他，群众支持他，原先持反对态度的人也支持他了。

到了1957年，他已经先后创造、仿造、改造成功了70多部木工机械，实现了木工全部机械操作。他创造的大带锯比手工操作的效率提高了78倍，落尖机、双行车圆锯、采铆机等提高效率11倍。

黄荣昌的创造受到了党和国家的极大重视，他的先进经验被推向全国，从而极大地推动了我国木工机械化的进程。

1954年和1956年，黄荣昌两次被选为重庆市劳动模范。1956年，他又作为全国先进生产者出席了全国先进生产者代表会议。

在荣誉面前，黄荣昌不满足于已经取得的成绩，他想得更广、更深了。这时，他由创造木工机械发展到创造冶金需要的各种机械了。

这期间，他和公司里的加料、运输、石、瓦等工人和技术人员共同研究，创造了许多机械，代替了炼钢工人部分笨重的体力劳动。

1958年，毛泽东视察了黄荣昌所在的重庆钢铁公司。

这个公司的领导按照毛泽东的指示精神，作出了"消灭肩挑背抬，解放笨重体力劳动，提高劳动生产率"的决定，并立即成立了一个机械化突击小组负责全公司的机械化改造革新工作，由黄荣昌担任组长。

当时，黄荣昌根据自己的设想，提出要创造一批大型的机械化运输设备。可是，当他把自己设计的图纸拿出来时，有些工程技术人员却不以为然，说他的设计"书本上没有，缺乏理论根据"。

黄荣昌就耐心地向他们解释说："书本上的东西都是劳动人民创造出来的。书本上有的东西，我们当然尊重，要学习；书本上没有的，我们也要创造。创造出来了，以后书本上就会有了。"

黄荣昌和工人们经过艰苦劳动，成功创造了15部大型机械化运输设备，3部转炉、化铁炉的出渣、加料设备，实现了钢材运输的机械化，使全公司800多名运输工人摆脱了繁重的体力劳动。他创造的这些设备每年可节省240万个工作日。

不久，上级把黄荣昌派到耐火材料厂去帮助工作。他在这个工厂工作不到一年，就帮助改进了两部摩擦式压砖机。

1959年春天，上级根据工作的需要，把黄荣昌调到转炉炼钢厂担任副厂长。

在炼钢第一线上，黄荣昌发挥了巨大的创造才能。他针对生产上的关键环节大搞技术革新。

当黄荣昌看到转炉车间生铁赶不上炼钢需要时，又找窍门，带领工人们苦战一个多月，试制成功了一部大型双臂龙门磁铁起重机。这部磁铁起重机每分钟可以搬运生铁20多吨。过去由江边把生铁运进工厂，每天需要1900多个工人，而现在只要两个人就可以了。

黄荣昌设计制造成功的翻斗式提升机，解决了石灰供不应求的难题，一年可节省5万多个劳动日。

他还创造、改进了化铁炉双斗提篮式直升机、转炉悬臂斜桥加料机和转炉打炉帽自动化等设备。

因此，人们说："黄荣昌走到哪里，技术革新的花就开在哪里，他是一面不断革命的红旗。"

几十年间，黄荣昌由一个普通木工成长为技术员、机械工程师、副总工程师、副厂长。

1959年，在全国群英会上，国务院授予他"全国先进生产者"称号。黄荣昌还曾当选为第五届全国人大代表。

这次技术革新活动有力地促进了职工技术的改进和劳动生产率的提高，为国家创造了大量财富，对完成和超额完成国家的建设计划起了重大作用。

支援农业合作化运动

1955 年 7 月，毛泽东在省、市、自治区党委书记会上，作了《关于农业合作化问题》的报告，认为"在全国农村中，新的社会主义群众运动的高潮就要到来"，并指出，对运动要全面规划，加强领导。

在合作化大发展的形势下，10 月 4 日至 11 日，党的七届六中全会根据毛主席的报告，通过了《关于农业合作化问题的决议》，决议公布后，加速了全国农业合作化运动高潮的到来。

为了发动和组织职工群众支援农业合作化运动，1955 年 10 月至 12 月，《工人日报》先后发表了《全体职工同志们，支援农民的社会主义群众运动》、赖若愚的《加强对农民的领导，抵制资产阶级对农民的影响》、康永和的《积极地支援农民兄弟走合作化的道路》、全国农具制造工作者会议的《积极支援农业合作化的厂际劳动竞赛合同》等重要社论和文章，要求各级工会组织教育和发动全体职工积极支援农业合作化运动，把支援农业合作化运动看作是一项极其重要的光荣任务。

全国农具制造工作者会议在《给全国农民兄弟的一封信》中，决定尽一切努力改造农具式样，降低成本，做到物美价廉，使所有制造农具和农业机器的工厂都能更好地为农民兄弟服务。

随着农业、手工业合作化高潮的到来，全国总工会于 1956 年作出《关于动员职工支援农业合作化和农业生产的决议》，该文件要求：

> 全国职工加快工业化速度，更快地生产更多更好的工业品供应农民。要求教育和组织职工利用业余时间主动地帮助农民修理农具，装配零件，讲解技术，提高文化，以满足广大农民的要求。

当时，在江西拖拉机制造厂有一位著名的技术革新能手赵志坚。

1958 年 7 月，江西旱灾严重，省政府提出全民支援农业。江西拖拉机厂决定赶制一批抗旱机械，即 30 马力的煤气机。在加工这种机械上的缸头时，厂里遇到了困难，影响了煤气机的组装。

赵志坚为此昼夜难眠，走路、吃饭、睡觉都在想这件事。为了寻找解决办法，他跑遍了南昌市的工厂和图书馆，到处搜寻资料。

最后，他终于成功地创造了一种双轴钻镗缸头工具，将原来的 5 道生产工序改为一道，提高工效 7 倍，每只缸头由过去 26 分钟加工一只，降低到 3 分钟加工一只，保证了煤气机按时出厂，为支援抗旱立了一功。

在工会组织的发动下，各地职工还开展了同农民举行联欢，互相访问，赠送书籍画报，教会农民修理农具，帮助农民开展文娱活动，动员住在农村的亲友带头入社等活动。

　　这些活动不仅密切了工会组织同农民的联系，也对农民进行了共产主义思想教育，推动了农业合作化的发展。与此同时，工会对手工业的状况进行了调查研究，协助党制定了对手工业进行社会主义改造的一些政策，对促进手工业的社会主义改造也起了积极作用。

开展先进生产者运动

1956 年初，全国出现社会主义革命和社会主义建设高潮，各地都涌现出大批先进企业、先进班组和先进生产工作者。

1956 年 2 月，全国总工会七届十次主席团会议通过《关于开展先进生产者运动的决议》。

3 月，党中央发出《关于积极领导先进生产者运动的通知》，要求各级党委认真学习讨论全国总工会的决议，制定计划，指导当地工会做好这项工作。

根据全国总工会"决议"和中央"通知"的要求，各级工会引导全国职工开展了声势浩大的先进生产者运动。

在开展先进生产者运动中，各地注重认真贯彻党的知识分子政策和"改进技术、提高技术、学习与掌握技术"的方针，充分发挥工程技术和管理人员的作用。

在鞍山钢铁公司（简称鞍钢）有一位著名的老劳动模范、先进生产者叫孟泰。他是中国工人阶级的一位优秀代表，为恢复我国最大的钢铁基地——鞍钢的生产作出了突出贡献。

孟泰的热爱党和社会主义、艰苦奋斗、勤俭节约、公而忘私、爱厂如家、不怕苦不怕死的精神，被称为

"孟泰精神"而誉满全国。

1898年，孟泰出生在河北省丰润县一个贫农家庭。他从童年时起，就遭受日本帝国主义、地主、资本家的蹂躏，磨炼出了工人阶级的坚强、勇敢、勤劳、俭朴的品德。

在旧社会，他在抚顺煤矿当过10年铆工，29岁到了鞍钢炼铁厂当了配管工人，一直干了21年。

1948年，在东北解放战争中，他坚定不移地跟党走，并随军北上，在通化铁厂辛勤劳动，日夜奋战在炼铁炉旁，积极支援前线，为东北的解放战争作出了贡献。

1948年11月2日，辽沈战役胜利结束，东北人民开始进入大规模的经济恢复和建设的新时期。可是，鞍钢由于遭到了日本帝国主义和国民党的多次破坏，损毁得十分严重，要恢复生产极为困难。

就在这时，孟泰带领全家，跟随解放军，从通化铁厂回到了鞍钢。

一到鞍钢，他顾不得把自己的家安顿好就往工厂里跑。当看到高炉群被破坏得千疮百孔的时候，他决心分担国家的困难，默默无声地工作起来。他不管白天黑夜、刮风下雨，跑遍了5公里厂区，刨冰雪，抠备件，扒废料堆，找材料，手碰破了不喊疼，脚冻坏了不叫苦。他每天泥一把，油一身，汗一脸，捡了成千上万个零件，建起了闻名全国的"孟泰仓库"。起初，有些人并不理解他，奚落他是捡破烂的。但冷嘲热讽丝毫没有动摇他，他坚持到处捡废旧材料，终于带动了大家。炼铁厂配管班工人在他的带领下，在短短几个月内，就回收了上千种材料、上万个零备件。这些零备件当时根本买不到，而要修复高炉没有它们就修不成。就在这年的 7 月，炼铁厂开工修第一座高炉——二号高炉时，缺三通水门。"孟泰仓库"里有各种型号的三通水门 1300 个，缺什么零件，它就有什么。"孟泰仓库"立了大功。后来，在修复一号和三号高炉时，所有管道系统的零件都是由"孟泰仓库"提供的，没有花国家一分钱。

这一年 8 月，孟泰在鞍钢第一批加入了中国共产党。

孟泰不仅是个艰苦奋斗、勤俭节约的人，还具有公而忘私的优秀品质。

1950 年，美帝国主义发动了侵朝战争，战火烧到了鸭绿江边。美帝国主义的飞机还经常骚扰鞍钢。

这时，孟泰考虑的不是个人的安危。他让妻子和孩子下了乡，自己扛着行李、拎着米袋上了工厂，自愿承担起守护高炉的任务，决心与高炉共存亡。每当空袭警报响起的时候，他就把铁钳装进口袋里，抓起一根早就准备好了的铁管子，爬上高炉的平台，站在两座高炉中间，紧紧地盯着总水门。他告诉工人们："总水门是高炉的心脏，如果敌机扔炸弹，我死也要用身体护住它；如果有特务上来破坏，先一管子结果了他！"

当拉紧急警报时，工人们按规定都下了防空洞去躲避，孟泰却仍然站在高炉旁，仰面向天，搜索敌机的影子。孟泰这种舍生忘死，誓与高炉共存亡的精神，表现了中国工人阶级高度的主人翁精神和大无畏的英雄气概。工人们说孟泰是爱厂如家，爱炉如命，这真是不假。

孟泰对自己要求十分严格，从不把个人利益放在心上。工厂第一次评定工资时，工人们都主张给他评一等，可是他想：国家正在建设，一分钱都很珍贵。自己少拿一点儿，就能给国家节余一点儿。所以，他坚决不要一等工资。他说："还是让我自己评评吧。我只要个二等就心满意足了！伪满时，国民党时，我都拿头等工资。为啥现在要二等？第一，我那时是糊弄鬼子，如今是实打实地给自己干；第二，我耳也聋，眼也花，干起活儿来比年轻的差得多，还有个大缺点，就是没有文化……"

孟泰还没说完，工人们就哄起来了，都不同意他的意见。他一见急了，红着脸同工人们争了半天，最后把一等工资让给别人才算完事。

后来，孟泰担任了炼铁厂的副厂长。

他走上领导岗位后，始终保持着工人阶级的本色。他身不离炉台，心不离群众，兢兢业业，忘我工作。他带领群众修旧利废，组织工人开展技术革新活动，亲手建起了"孟泰储焦槽"，为国家节约了上万吨焦炭。

他还改革成功了热风炉底部双层燃烧筒，炉底使用寿命比原先使用的单层燃烧厂筒提高近百倍。他研制成功的冷却箱串联的用水量比以前节约了 30%。

孟泰的英雄业绩受到了党和人民的高度赞扬。

在 1950 年、1956 年和 1959 年，他连续 3 次被选为全国劳动模范和全国先进生产者。他还被选为第一届、第二届、第三届全国人民代表大会的代表，担任中华全国总工会第七届、第八届执行委员会委员，多次受到党中央领导的接见。

在学习先进生产者运动中，广大工人打破保守思想，提出了许多合理化建议，在产量、质量、节约等方面都大大突破了规定的定额和计划要求，创造了新的纪录。这一切都强有力地推动了我国社会主义经济建设的发展。

召开先进生产者会议

1956 年 4 月 30 日至 5 月 10 日，经党中央和国务院提议，由全国总工会主持召开了全国先进生产者代表会议。

参加会议的有 6182 名正式代表和特邀代表，他们分别来自 20 个民族，28 个省、市、自治区，22 个产业。毛泽东等党和国家领导人出席了大会开幕式。

国务院副总理李富春向大会致开幕词。他说：

我们将通过这次大会，交流和总结先进的生产经验和工作经验，进一步发扬社会主义积极精神和创造精神，以便动员全国一切可以动员的力量，把各项建设事业办得又多、又快、又好、又省，从而促进我国建设事业的加速发展。

刘少奇代表党中央向大会致祝词，高度赞扬了先进生产者推动社会历史前进的作用，指出：

千百万劳动者在先进生产者率领下为消除落后而斗争，这是社会主义社会不断前进的一种动力。

只有坚决依靠先进生产者、普通生产者和生产领导者的共同努力，只有坚决克服领导工作中各种官僚主义倾向，并且正确地处理国家利益、集体利益和个人利益的关系，把它们紧密地结合起来，我们才能使先进生产者运动得到普遍的、持久的发展，才能使我国的生产水平和科学、文化、技术水平在这一基础上不断地提高。

全国总工会主席赖若愚在大会上作了报告，全面地阐述了先进生产者运动的意义、作用、原则、方针和目的。

他指出：

工会是工人阶级的最富有群众性的组织，在组织先进生产者运动，充分地发挥职工群众的积极性和创造性来加速社会主义建设方面，负有重大责任。

在会上，王崇伦、钱学森、华罗庚、张明山等100多名先进生产者代表发了言，介绍了广大职工在社会主义建设各条战线上的创造性劳动，表达了广大职工为多、快、好、省地建设社会主义的热烈的愿望和坚强的信心，极大地鼓舞了全国工人的热情。

大会通过总结、交流经验，提出了"互相学习，互相帮助，取长补短，共同提高"的社会主义竞赛原则，并且把它变成了广大职工响亮的行动口号。

在这些先进生产者中，有一位我国著名的炼钢能手，全国冶金战线上的英雄，他叫李绍奎。

1925 年，李绍奎出生在河北省玉田县一个一贫如洗的雇农家庭。新中国成立后，他在鞍钢第一炼钢厂当了装卸工人。

1949 年，李绍奎被调到平炉上去学习炼钢。一位当时留用的工程师见他愣头愣脑，便问他念过几年书、识多少字。李绍奎说自己是个文盲，不识字。那个工程师讥笑他："炼钢可不是吃饭，没有中专文化程度，还想学这个！"李绍奎听了，十分生气，暗下决心，一定要学会炼钢，干出个样子来。

在老工人的帮助下，李绍奎学习的十分刻苦。那时的平炉炉顶用的都是砂砖，还没有测量温度的炉顶高温计，要知道炉顶的温度多少，全凭眼睛看，所以炉顶很容易被烧坏。

李绍奎怕炉顶被烧化，常常冒着高温和火焰，从炉门喷射口细心观察炉顶的情况，掌握炼钢规律。为此，他的眉毛和头发不知被烧过多少次。

为了掌握用铁锹往炉膛里投补炉材料的技术，他每到星期天就在家里用铁锹扬土练习，使扬出去的土又远、又准、又不散。由于技术提高得很快，又能团结同志，1953年，他被提升为八号平炉丙班炉长。

李绍奎担任炉长后，很注意同甲、乙两班的工友搞好协作。每次出完钢，他总是认真地检查炉体，补好炉。到下班的时候，他又总是把炉前炉后清扫得干干净净，把工具和补炉材料给下一班提前准备好，用自己的模范行动去影响甲、乙两班。

甲、乙两班的工人在李绍奎的影响下，树立起整体观念，3个班次的工人团结得像一个人一样。这一年，八号平炉增产了1.5万多吨优质钢，被评为鞍山市的模范平炉，并获得了冶金部赠予的奖旗，成为全国大型平炉的一面红旗，李绍奎本人也被选为鞍山市的特等劳动模范。

李绍奎不但是个炼钢能手，而且很善于培养人才。为了把青年工人培养成技术全面的炼钢能手，他经常早来晚走，利用空闲的时间，耐心地向青年工人传授各种技术。

为了让青年工人尽快掌握用长把铁勺舀钢水取样，他想出代替的办法，让他们反复练习从水槽里舀水。当青年工人掌握了操作要领后，他就鼓励他们大胆干。

李绍奎培养青年工人时，不但注意教会他们技术，而且还特别注意培养青年工人树立热爱集体的思想，使一大批青年工人迅速地成长起来。有不少人当了炉长、工长、值班长和护炉技师。

李绍奎带的第一个徒弟叫李廷顺，是个来自农村的普通青年。当第二炼钢厂十号平炉投入生产时，李廷顺就担任了炉长。他像李绍奎一样，不但自己肯干，并且能带动全炉工人都那样干。

结果，十号平炉成为第二炼钢厂最好的一座平炉，被命名为"青年团结炉"。1956年，李绍奎和李廷顺一同出席了全国先进生产者代表会议，师徒双双被命名为"全国先进生产者"。

在哈尔滨机车车辆修理工厂的铣工中，有一位全国著名的技术革新能手、先进生产者，他叫苏广铭。

1913年，苏广铭生于山东平原县一个工人家庭。苏广铭在旧社会干了20年的钳工和铣工，受尽了资本家和日伪统治者的剥削和压迫。

新中国成立后，苏广铭怀着翻身后的喜悦，在工厂里努力工作。他总是早来晚走，出满勤，干满点。

当时，领导把一项加工"钢背瓦"的任务交给了苏广铭。他用油钢刀加工，速度像老牛一样慢，一天忙得要死，也不出活，心里很不是滋味。

这时，苏联专家给他一把硬质合金刀，让他试试。试的结果使他体会到："手巧不如家什妙。"从此，他干活儿不光拼体力，还动脑筋，找窍门。

一次，苏广铭制作一个胎型，过去一次只能卡一个工作件，卡活时还要停车；有了这个胎型后，一次上两个工作件，轮流卡活，减少了停车时间。在这个基础上，他又运用高速切削使生产效率提高了 8 倍。

从此，苏广铭不断地钻研学习，攻破了许多生产难关。比如：在制作"小胎车花帽"时，最初他用老办法干，只能卡一个铣一个，效率低，质量还不好。后来他又搞了个新胎型，实行多零件加工，一次能卡 15 个，两个卡胎，轮流卡活，使机床流水作业工效提高了 4 倍。

苏广铭对新鲜事物吸收很快，积极采用先进刀具。1954 年，厂内急需摇杆 200 个，这个任务很艰巨。苏广铭经过改进刀具使工效提高了 125%，还节省了很多钢材。

后来，苏广铭沿着他改革刀具、改革设备的道路走下去，在生产中实现了许多技术革新，他的加工效率总是不断地提高，他成为厂里令人瞩目的人物。

苏广铭不仅在自己的机床上搞技术革新，还帮助别人攻克难关。他们车间有个叫辛成国的工人，看苏广铭效率高就提出要赶上他。

辛成国也积极改进刀具。当时正在加工皮带运输小轴，辛成国创造出在一个刀杆上安 3 把刀的办法，试验时，第三把刀因和顶尖抵触而行不通。苏广铭看到后，就帮他想办法，把顶尖铣去了一块，使辛成国革新的刀具试验成功了。

由于苏广铭刻苦钻研技术，大胆搞革新，在第一个五年计划期间，共实现技术革新 33 项，用 3 年零 1 个月的时间，完成了第一个五年计划的工作量。在第二个五年计划期间，他干完了九年半的活儿，质量完全合乎标准，未出一件废品。

在 1956 年，苏广铭出席了全国先进生产者代表会议，被评为"全国先进生产者"。

在这次全国先进生产者代表会议后，全国各产业工会协同国家各产业部召开了各产业系统的先进生产者代表会议。

这样，全国很快掀起了先进生产者活动的高潮。到 1956 年底，全国涌现出先进集体 11.41 万个，先进生产者 120 多万人。

三、 劳动技术活动

● 沈文翰鼓励工人说："废料是'聚宝盆''摇钱树'，实现四化离不了它。"

● 党委书记捧了一把"黑雪"对刘宝忠说："老刘，这个问题你可得和工人一道想办法解决啊！"

● 那两位德国专家走到宋学文面前，竖起大拇指说："好，中国真有能人！"

开展增产节约运动

1957 年，全国总工会根据党中央的指示精神，在全国动员和组织广大职工广泛开展增产节约活动。

在增产节约活动中，在内蒙古电机变压器厂，有一位以艰苦创业闻名于全国的劳模沈文翰。

1906 年，沈文翰出生在河北省三河县的一个贫农家庭。新中国成立前，他先后在太原五金电料行、绥远电灯、面粉厂、呼和浩特市发电厂当工人。

1949 年 9 月，国民党破坏了市内的整个供电系统，全城一片黑暗。

1950 年 2 月，呼和浩特市解放已经 150 多天了，市内的照明供电因缺乏变压器仍没有恢复。党派驻发电厂的工作队为此十分焦急。

就在这关键时刻，沈文翰决心修复一批报废的旧变压器代用，让全市重放光明。他得到了驻厂工作队的积极支持。

沈文翰带领一批工人不分昼夜抢修，从 70 多台废旧变压器中修复了 40 多台，对市内恢复供电起了关键作用。

沈文翰因贡献卓越，光荣地出席了 1950 年全国工农兵劳模大会，被授予"全国劳模"称号。

1958 年，沈文翰调到内蒙古电机变压器厂担任技师，负责建厂工作。当时，这个厂还是一片荒地，没有厂房和必要的设备，连制造电机变压器的原料都极为缺乏，因而上级不得不准备停建。

这时，沈文翰心里十分着急。他知道，辽阔的内蒙古要搞社会主义建设不能没有电机变压器，困难再大，也要想办法把变压器制造出来，让发电机转动。

沈文翰马上组织了几名工人，找来一辆排子车，从他原来工作过的发电厂拉回来一批没人要的破铜烂铁，边设计边干，用这些废料搞出了土设备。他们用艰苦创业的精神，在新中国 10 年大庆的前夕，成功制造出了内蒙古自治区第一台 560 千伏安的变压器。

1972 年，沈文翰离开了他亲手创建的电机变压器厂，又去创建东风电机厂。

这个厂当时还只是变压器厂下属的一个小厂。厂里缺资金，缺设备，缺技术力量。

沈文翰带领这个厂的工人走山去，给农村社队和厂矿修电机、水泵、变压器，既支援了农业生产，增加了收入，又培养了技术力量。

与此同时，沈文翰还通过挖潜革新，利用废料制造了 13 台设备，把一个十分简陋的小厂变成了一个能够独立生产小型电机的大工厂。

有人说，沈文翰为创建这个工厂，身上曾脱掉一层皮。这话并不夸张。他在露天作业时，曾被烈日晒昏过；

他的脚被砸伤，肿得像馒头一样，但他也没休息过。

有一次，沈文翰的右手食指被机器截掉一节，鲜血淋漓，中午他被送往医院，包扎完后，他回家吃了午饭就又到工厂上班。他就是用这种拼命精神，在1975年已经干出了1985年的活儿，被誉为"沈铁人"。

1976年，沈文翰已是70岁的高龄。在古稀之年，他想的是为现代化再出一把力，为国家多做一些贡献。就在这一年，他又承担起要把一个只搞些回收的破棚子，改造成修旧利废车间的任务。

这个所谓的车间只有几个家属女工，沈文翰来的时候，这里连一把手锤工具也没有，破棚子里只有一些回收的废料。

几个女工听说要把破棚子改造成修旧利废车间，信心不足。沈文翰鼓励她们说："废料是'聚宝盆''摇钱树'，实现四化离不了它。"

他亲手用这些废料做成了刺头、板尺、手锯、虎头钳等30多件工具，增强了大伙的信心。

沈文翰的修旧利废车间初步建成后，就开始为生产第一线服务。生产电机变压器离不开矽钢片，制造一台变压器剩余的矽钢片，边角余料占原料的40%。在过去，这些边角余料大部分被当作垃圾填了坑，沈文翰看了直心疼。

为了变废为宝，沈文翰造了一台剪片机，把回收的矽钢片边角余料裁剪成不同的规格，用它们制造了7台电焊机、2 台变压器、1 台升压器、1 台手动鱼鳞冲压机。

沈文翰还用生产变压器剩余的铝铜扁线下脚料，制成了 1 台电焊机和 1 台绕线机，为国家创造了大量财富。

因此，沈文翰多次被评为厂、局、市、自治区、第一机械工业部劳动模范。他在 73 岁的时候，又一次被国务院授予"全国劳动模范"称号。

在天津化工厂，有一位全国著名的劳动模范和革新能手刘宝忠。

1911 年，刘宝忠出生在河北省宁河县一个贫苦农民的家庭里，他从 16 岁起开始当学徒。

为了谋生糊口，刘宝忠颠沛流离，四处奔走，先后在北京、汉沽、东北等地当工人，1946 年才进了天津化工厂。天津解放时，他已经是个有 20 多年工龄的老工人了。

新中国的成立为每一个劳动者开辟了广阔的前景。刘宝忠怀着对新社会的热爱，凭着多年积累的丰富经验，在生产和技术革新上大显神通，几乎年年有创造，季季有革新。

1950 年，刘宝忠以生产上的优异成绩，参加了全国工农兵劳模大会，当选为全国劳动模范。

刘宝忠所在的工厂有一台日本产的生产碱和氯气的变流机，这是工厂里的一台重要设备。可是它只有 60 个电解槽，电压仅有 250 伏特。

1952 年，为了增加烧碱和氯气的生产，工厂决定在原来60个电解槽的基础上再增加60个。这样一来，就需要提高变流机的电流、电压。在当时的条件下，要做到这一点，困难是很大的，需要勇气和熟练的技术力量。

面对如此困难，刘宝忠挺身而出，承担了这项艰巨的任务。他敢想敢干，向日本产的变流机开刀，使电压提高到500伏特。变流机改造成功后，这个工厂烧碱和氯气的产量增加了66%，一年可为国家创造财富700多万元。

1952年，刘宝忠光荣地加入了中国共产党，不久又被选为工厂党委委员。

1956年，刘宝忠出席了全国先进生产者代表会议，被选为全国先进生产者。

1958年，这个工厂的烟囱每天要喷出大量的煤灰。这些煤灰像黑雪一样，四处飘散，周围的环境污染十分严重。工厂领导多次想办法，但一直解决不了。

在一次党委会上，党委书记捧了一把"黑雪"对刘宝忠说："老刘，这个问题你可得和工人一道想办法解决啊!"刘宝忠听了后，从第二天起，每天出现在烟道的四周，细致观察，摸索"黑雪"飞散的规律。

为了彻底摸索出"黑雪"飞散的原因，有一次，刘宝忠冒着滚滚的浓烟钻进了烟道，经过仔细观察，终于发现在烟道的下部有一个小洞，从这个小洞里冒出的"黑雪"特别多。

刘宝忠找到"黑雪"飞散的原因后，带领工人们苦战了一个月，经历了 7 次失败，成功制造了一台螺旋捕捉器，制服了"黑雪"，从此消除了煤灰的污染。职工上下班不再迷眼，每天还可以回收三四吨煤灰颗粒。

工人们说："厂里生产哪儿有困难，哪儿就能见到刘宝忠。"

1959 年，工厂要增加生产，可是电力设备的负荷已满，解决这个问题必须想办法增添水银整流器。可是这种设备一直靠外国进口，当时买不到。

刘宝忠提出："没有进口的，咱们就自己干，不能眼看着生产上不去。"

但是，有的人说："这样的设备咱们做不了，做也是白费劲儿。"

而刘宝忠却不迷信洋设备，他虽然文化水平低，但还是艰难地翻阅学习有关制造水银整流器的书籍。他克服了重重困难，经历了数不清的失败，最后终于综合采用了苏联和匈牙利水银整流器的优点，试制成功了我国的水银整流器。

从 1950 年到 1959 年，刘宝忠提出和实现的重大革新建议就有 60 多件，给国家创造财富近千万元。

在 1959 年召开的全国群英会上，刘宝忠再次被评为全国先进生产者。

刘宝忠几十年如一日，对工作兢兢业业，埋头苦干，用创造性的劳动，赢得了广大群众的赞扬。

为了表彰他几十年来为党和人民作出的功绩，1979

年，国务院又一次授予他"全国劳动模范"称号。他还是全国第一届、第二届、第三届人大代表。

在增产节约活动中，总工会及各级工会组织职工进行了"艰苦奋斗、勤俭建国、勤俭办企业"的教育。通过活动，广大职工提高了思想觉悟，树立了勤俭节约的观念。到1959年底，我国国民经济发展第一个五年计划超额完成。

召开全国群英会

1958 年以来，全国各条战线上都涌现出大批先进单位和个人。

为总结推广他们的经验，表彰他们为社会主义建设作出的杰出贡献，党中央、国务院于 1959 年 3 月发出了通知，决定召开全国工业、交通运输、基本建设、财贸方面社会主义建设先进集体和先进生产者代表会议，简称"工业群英会"。

为迎接大会的召开，全国总工会发出了《告全国职工书》。各级工会都积极参与了总结典型、宣传和评选典型的工作。

1959 年 10 月 25 日至 11 月 8 日，党中央和国务院在北京召开了全国工业、交通运输、基本建设、财贸方面社会主义建设先进集体和先进生产者代表会议。

参加会议的代表共 6576 人。党中央、国务院授予全国先进集体称号 2565 个，授予全国先进生产者称号 3267 人。

出席大会的先进生产者代表，不仅有一直保持先进的全国劳模和先进集体、先进生产者，而且还涌现出大量新的先进典型。

在会议上，朱德代表党中央和国务院向大会致祝词。

他强调了最广泛地动员人民群众，最充分地发挥人民群众的积极性和创造性的重要意义。

在会议上，许多代表介绍了"把困难留给自己，把方便让给别人"的先进思想和事迹。

马学礼是全国机械工业战线上著名的劳动模范和革新能手。

1931年，马学礼出生在山东省平度县一个贫民家庭里。马学礼11岁时就进了一家日本人开的金属工厂当小工，过着牛马不如的生活。

新中国成立后，马学礼的生活发生了巨大的变化，1950年他考进了沈阳第一机床厂当了车工；1954年，他加入中国共产党；1956年，他被派到苏联去学习企业管理。

马学礼从苏联学习回来后，调到武汉重型机床厂，在一车间重大件工段当工长。当时，重大件工部承担了制造一批叫滑枕的零件的任务。这种零件有一个长2米、直径133毫米的内孔。按照惯例，工人们是用麻花钻头钻孔的。钻完后，内孔的钢料成了一堆废钢屑，不仅速度慢，材料浪费也十分惊人。

马学礼看在眼里，疼在心上。高度的责任心使他坐卧不安。

他日思夜想——如何能制造出一种套料刀，把钻孔改成套孔，这样就可以套出一根完整的好钢料，而不会再把好端端的钢料钻成钢屑了。他到工艺科和工具车间请求帮助。他得到的回答是："套料刀好是好，就是干不了。"

马学礼碰了钉子并不灰心，而是决定自己动手干。他和几个工人一起边试验边改进，经过辛勤努力，居然搞成了套料刀。一根根两米长的钢料被套出来了。

套料刀的制造成功，使原来需要 3 个人干的活，现在只要一个人就可以了。加工一根滑枕的时间，也由原来的 30 多个工时，缩短到 4 个工时。

工厂党委对他的创造十分重视，并作出决定，号召全厂职工学习他的创造精神和高度的国家主人翁责任感，并把他誉为"技术革新的一面红旗"。

1958 年春天，马学礼调到中小件工部当调整工，任务是帮助工人解决生产与技术上的难题。

他来到中小件工部以后，发现工人们用原来的加工方法加工蜗杆零件又慢又费力，常常完不成任务。为了帮助工人们提高效率，他在干部、工人和技术人员的支持和帮助下，把丝杠铣床的原理运用到加工蜗杆零件上去，制造出一种叫作"外旋风铣"的新工具。

这种新工具的研制成功，使加工蜗杆零件的工效提高了 12 倍。一年的任务只需一个月就完成了。此后，这种工具经过多次改进，加工效率提高到 14 到 16 倍。

外旋风铣的制造成功轰动了全厂，轰动了全省，马学礼一举成为著名的劳动模范和革新能手。这一年，马学礼实现革新 28 项，为国家创造财富 12 万多元。

马学礼非常注意培养和帮助青年工人。工段里有一个生产小组都是女青年。她们热情高，但因技术水平低，常常完不成任务。马学礼主动要求调到这个小组。他热心地向她们传授技术，给她们做示范表演，帮助她们提高技术。不久，这个小组就月月超额完成计划，成了先进小组。

有一次，马学礼发现另一个小组的一个工人在铣螺丝帽时工效很低，就帮助那个工人创造了一种夹具，提高工效 21 倍。他还帮助齿轮车间的一个工人掌握反行程往复吃刀法，提高效率 14 到 16 倍。

这一年，他自己还实现技术革新 60 多项，提出了 200 多条革新建议。他创造的带有锥度的胎具，操作简便，极大地减轻了工人的劳动强度，受到全国机械工人的欢迎，并得到了广泛的推广和运用。他创造的这种胎具被命名为"马学礼胎具"。

马学礼帮助后进变先进，把别人的困难看作是自己的困难，无私地向别人传授技术，表现了中国工人阶级宽广的胸怀和无私的品格。

而更加可贵的是，每当一项创造发明实现的时候，他总是把成绩归功于党和群众。每当有人问他究竟实现了多少项技术革新的时候，他总是谦虚地说："我实在答不上来，因为我没有想到那是我一个人的东西。"

1958 年 6 月，原湖北省委书记张平化接见马学礼时，把他的先进事迹概括为 4 句话：

见困难就上，见荣誉就让，见先进就学，见后进就帮。

在 1959 年召开的全国群英会上，马学礼被评为全国先进生产者。体现马学礼精神的这四句话在全国职工中产生了深刻的影响，成为全国在开展社会主义劳动竞赛中鼓舞人们发扬共产主义精神的响亮口号。同年 12 月 4 日，中共湖北省委作出决定，号召全省职工学习马学礼运动。

1960 年，马学礼被保送进华中工学院深造，1965 年担任武汉重型机床厂党委副书记，1972 年担任中国第二汽车制造厂总指挥部党委副书记、副总指挥长，1978 年调到武汉汽轮发电机厂任党委副书记，1981 年任党委第二书记、副厂长和总工程师，并兼任武汉市职工技术协作委员会副主任及武昌地区职工技术协作委员会主任等职务。这期间，他致力于智力开发，努力培养和造就有社会主义觉悟、有科学文化知识、有专业和经营管理经验的职工队伍。

马学礼身体力行，狠抓职工教育，工作再忙也要坚持教学。有时，他还利用晚上休息时间去讲课，并编写了《车削原理与实践》讲义。他除了在工厂职工学校任教外，还到武昌工人文化宫、市技术交流站讲学，为武汉 150 多个单位培养了 600 多名技术人才。在他的努力下，他所在的武汉汽轮发电机厂被评为武汉市职工教育的先进单位。

在群英会上，有一位我国著名的工人出身的电机专家宋学文，人称"电机华佗"。他在我国电机修理和制造业上占有重要地位。

宋学文 1911 年生于辽宁省盖县。他 16 岁时，由于家境贫寒无法维持生活，到了鞍山一家日本人开办的制铁所当学徒。日本人根本不让中国人学技术。这让宋学文更加坚定了学习技术，为中国人争气的决心。

1948 年鞍山解放了，宋学文成了鞍钢的正式工人。他不仅积极劳动，还参加了工人护厂队，不分白天黑夜地保护残留下来的机电设备，被称为"护厂英雄"。

为了支援全国解放战争，鞍钢要迅速恢复生产。当时，摆在宋学文面前的是一个由上千台破旧马达堆集成的"万国牌"马达山。这些马达型号不同，残缺不全，是一堆破铜烂铁。宋学文凭着多年的经验，带领工人日夜清理、修复电机，仅仅半年，就修复和安装了数百台。为此，他荣立了特等功。

1950 年，宋学文光荣地加入了中国共产党。

他深深地懂得，为了建设社会主义的新中国不能只是修电机，还要能够造电机。从此，他以惊人的毅力学会了数学、力学、制图学、电工学。

1952 年，鞍钢化工总厂的一台 600 千瓦的电机被烧坏了，给生产造成了极大的损失。按当时我国的技术条件，要造出一台同样的电机，简直是不可想象的事。

可是，宋学文却主动承担了制造电机的任务，并且成功了。这台电机成了新中国成立以后靠自己力量造出来的第一台大功率电机。这一年，他被授予鞍山市首批"特等劳动模范"的光荣称号，同时被晋升为技师。

宋学文走上技术领导岗位以后，迎来了我国大规模的社会主义工业建设的高潮。面对新的形势，他开始全面地向技术理论进军，这位工人出身的技师终于成为我国第一流的电机专家。他能用听、摸、看、闻等方法准确地判断电机的故障，奇迹般的使电机死而复生。

1959年3月，湖北大冶钢厂有一台从德国进口的大型发电机组"发烧"。大冶钢厂为此请了不少专家来"会诊"，但都无能为力。这台电机制造厂的两位德国专家来厂修了几个月也不见效，最后，只好答应退货。可是这样一来，生产将遭到损失。冶金部派了宋学文前去，两位德国专家听说请来的是一位工人，故意回避了。

宋学文沉着镇定，从机场直接来到工作现场。他在电机旁认真观察了一番，又向工人们询问了发生故障的经过，一直到下午两点多钟才回到住处。这时，他已胸有成竹了。他不顾旅途的疲劳，连夜制订检修方案。

第二天一早，宋学文来到现场后立即作出准确的判断，并指挥修理，仅用了两个多小时就排除了故障。消息传到那两位德国专家耳朵里，他们走到宋学文面前，竖起大拇指说："好，中国真有能人！"

宋学文给电机治病妙手回春的事不止这一件。

一天夜里，鞍钢一家工厂的电机突然发烧，威胁生产。宋学文在熟睡中被电话铃声惊醒，在电话中问明了出故障的经过，思考片刻，便回答说："你把电机的润滑油换一换，如果温度不降，再告诉我。"那个工厂的工人照他的话做了，果然解决了问题。

又一次，山东莱芜钢厂一台电机出了故障，请他前去帮助解决。他到那里后，用耳朵听了听，用手摸了摸，拿过图纸，便在上面清晰地标出了故障的部位。当电机被打开时，人们在他标出的部位上，果然发现有一根定位键震出 5 厘米多，如不及时处理，后果难以想象。

宋学文身居鞍钢，心系全国。不管哪方来请，他都热心帮助。他先后为上海、杭州、太原、包头、哈尔滨、沈阳等地的钢厂排除过多种电机的重大故障，足迹遍布大半个中国。

1959 年，他出席了全国群英会；1960 年，他晋升为工程师；1963 年，他又晋升为总工程师。

在群英会上，有一位北京市崇文区清洁队的工人、全国著名的劳动模范，他叫时传祥。

1915 年，时传祥出生在山东省齐河县一个贫农家庭。因家中无法维持生活，他于 1929 年逃荒到北京，当了淘粪工人。在旧社会，他给粪霸淘了 20 多年大粪。

那时候，他每天推着沉重的粪车，由六部口到广安门，来回二三十里，无论刮风下雨，严寒酷暑，每天都要往返 4 趟。

新中国成立后，淘粪工人在党的领导下，斗倒了粪霸，当了国家的主人。时传祥从此翻了身。1952 年，他在北京市崇文区清洁队当了淘粪工人。

淘大粪是一件又脏又累的活儿，由于旧社会留下的偏见，许多人都不愿意当淘粪工。可是，时传祥却感受到了党和政府对清洁工人的关怀和温暖。他工作积极肯干，把淘粪当成是一件十分光荣的劳动。他宁可一人脏，换来万家净。

有的住户院子里茅坑浅，粪便常常溢出来，又脏又臭。时传祥遇见这种情况，总是不声不响地找来砖头，把茅坑给砌得高一些。有的茅坑里掉进了砖头瓦块，他就弯下腰去，用手把它们一块一块地拣出来。

有些青年淘粪工人嫌干这活儿丢人，想转到工厂去，时传祥总是亲切地教育他们："不论干什么工作，都是为人民服务。如果一个月不淘粪，大粪就会流得满街都是。你也愿意上重工业，我也愿意上重工业，不行啊！总得有人清理粪便呀！"这朴实的话，说得青年工人心服口服，决心干好淘粪工作。

时传祥宽厚的肩膀上背着沉重的粪桶，布满老茧的大手上拿着一把粪勺，微微躬着腰上百回地穿行在蜘蛛网般的小巷中。

在他的带动下，大伙干得很起劲儿。过去，每人每天掏 50 桶粪，后来增加到 80 桶。1954 年评比先进的时候，工人们把他选为先进生产者。

时传祥勤勤恳恳的工作，赢得了党和人民群众的尊敬和爱戴。1956 年，他当选为崇文区人民代表。就在这一年 6 月，他光荣地加入了中国共产党。

1959 年是时传祥终生难忘的一年。这一年，党中央和国务院在北京召开了全国群英会，他不仅当上了全国先进生产者，还被选为群英会主席团成员。

在大会期间，刘少奇、周恩来亲切地接见了他，并同他热烈握手，询问他的工作情况。

刘少奇还对他说：

> 我们都要好好地为人民服务。你当清洁工人是人民的勤务员，我当主席也是人民的勤务员。这只是革命的分工不同，都是革命事业中不可缺少的一部分。

后来，刘少奇同志在了解到他没有文化时，特意送给他一支钢笔，鼓励他学文化。时传祥激动得热泪盈眶。

参加群英会后，时传祥对淘粪工作更积极了。别人一天背 70 桶、80 桶，他背 90 桶。他一户挨一户地淘，累得汗流浃背也不肯休息。他对大家说："我已干了 30 年的淘粪工作，只要党需要，我还要干它 30 年、60 年……党需要我干到什么时候，我就干到什么时候。"

当时，担任北京副市长的万里同志亲自背起粪桶，去跟时传祥学习背粪。

清华大学的一批大学生还曾经拜过时传祥为师。这一年，他又被选为北京市政协委员。1964 年，他当选为第三届全国人大代表。

大家对时传祥平凡工作的总结就是：

宁肯一人脏，换来万家净。

当时，在北京市百货大楼，有一位全国著名劳动模范、商业战线上的一面红旗，他就是售货员张秉贵。

张秉贵，1919 年生于北京，幼年时，只在北京一所贫民学校上过半年学，就到金聚织布厂、乾祥瑞织布厂当学徒，后来在北京德昌厚食品杂货店当店员。

旧社会的店员，社会地位低下，常常遭有钱人的侮辱，至于挨资本家打骂更是家常便饭。

1955 年，北京王府井百货大楼建成，张秉贵调到那里的糕点组当售货员。

由私营商店调到北京最大的国营百货大楼工作，张秉贵感到非常光荣，决心努力做好自己的工作，可是又不知道怎么做。

他去请教党支部书记。党支部书记告诉他："国营商店同私营商店的性质不同，国营商店的售货员同顾客不是单纯的买卖关系，而是同志关系，应该在一买一卖之中，体贴顾客，诚恳热情地为顾客服务，使顾客体会到党和国家对人民群众无微不至的关怀。"

党支部书记的话深深地感动了张秉贵，使他回想起在旧社会，他为了保住饭碗，只好按照资本家的意图，想尽办法欺骗顾客的情景。可是今天，要让顾客从自己的身上体会到党和国家对人民群众的关怀，这是一项多么光荣、多么有意义的工作呀！从此，他就刻苦学习为顾客服务的本领。

旧社会的苦难和折磨使张秉贵的记忆力受到损伤，这给他学习商品知识和业务造成了很多困难。为了更好地为顾客服务，他想尽办法克服困难。学习商品知识时，别人学一遍，他学两遍、三遍；练习包装时，他把自己的床铺当练习台，用旧纸当包装纸，用瓦块、木块当商品，反复练习。

晚上，为了不影响别人休息，张秉贵就在院子里找了一个磨盘当柜台，借着路灯的光练到深夜。练了一个时期，经过柜台的测验，他售货的速度大有提高。后来由于工作需要，他调到糖果组工作。

为了学习糖果的知识，张秉贵除了虚心向老售货员学习外，还到工厂参观糖果的制造过程，使顾客了解各种糖果的味道。他还先后买了230多块不同品种的糖果，将糖果切成小块和大家一起品尝，逐步掌握了各种糖果的特点。

王府井百货大楼每天接待的顾客成千上万，加快售货成为重要课题。张秉贵把接待每个顾客的过程分解为问、拿、称、算、包、收款6个环节，在每一个环节上狠下苦功夫，做到分秒必争，为顾客节省一分一秒的时间。

在这之前，他每次抓糖果都要回头看一次标价签，回一次头大约需用3秒钟，一个顾客买3种糖果就得耽误9秒钟。为了不让顾客浪费更多的时间，张秉贵以顽强的毅力背熟、记住了糖果的价格。他以前称糖果时，不是多抓就是少抓，每次添和去也得浪费几秒钟。为了加快售货速度，他把糖果每样称出100克，数数有多少块，这样反复练习，终于练出了拿糖"一抓准"，算账"一口清"等过硬的本领。所谓"一抓准"，就是指张秉贵一把就能抓准分量。顾客要一两、二两、一斤，张秉贵一把抓下去，分量丝毫不差。他的"一口清"是非常神奇的算账速度。遇到顾客分斤分两买几种甚至一二十种糖果，他能一边称糖一边用心算计算。经常是顾客要买多少的话音刚落，他也同时报出了应交的钱数。

除了售货"一抓准"和算账"一口清"，张秉贵还研究了顾客购物的心理，总结出了"接一、问二、联系三"的售货法：在接待第一个顾客时，便问第二个顾客买什么，同时和第三个顾客打好招呼，做好准备。

张秉贵在每个环节上都逐步摸索出了提高效率的办法，在问、拿、称、包、算、收款环节上不断摸索，接待一个顾客的时间从三四分钟减为一分钟。他终于变成了一个售货的能手。

张秉贵不仅技术过硬，而且注重仪表，天天服装整洁，容光焕发。他认为："站柜台就得有个干净利落的精神劲儿，顾客见了才会高兴地买我们的东西。特别是我们卖食品的，如果不干不净，顾客就先倒了胃口，谁还会再买我们的东西啊！"

张秉贵经过多年的柜台实践，总结出了柜台服务的"五个劲儿"：站柜台的精神劲儿，服务态度的热情劲儿，售货中的迅速劲儿，始终如一的持久劲儿，坚持不懈的虚心学习劲儿；"十个字"：主动、热情、诚恳、耐心、周到；"四个一样"：买与不买一个样，买多买少一个样，生人熟人一个样，本市外埠一个样。

张秉贵受到了广大顾客的欢迎，多次被评为商店的先进工作者。1959 年他被评为全国先进生产者。

可是，有些人却把他热情为顾客服务说成是私商的作风。

他想："旧社会时在私商那里混事，对顾客点头哈腰，是怕触怒小姐、少爷，怕打破饭碗。现在是衷心体贴顾客，热情为顾客服务，难道这也是私商作风吗？"他把这些想法向领导做了汇报，得到领导坚定的支持。

领导对他说："你在旧社会干了那么多年，哪里见过这种不蒙不骗、诚实亲切的服务态度？你在旧社会里，哪里能像今天这样受到广大顾客的尊敬和表扬？这不是私商作风，而是新社会人与人的新关系。你应该更好地学习业务，更周到地体贴顾客，更全面地发扬这种作风！"

听了这些话，张秉贵心里明亮了，干劲儿更足了。他说："我们站的是社会主义柜台，要通过我们的双手，通过一买一卖，反映出社会主义制度的优越性。"因此，每当为顾客服务的时候，他的心里就像升起了一团火。他用一言一行、一举一动去温暖广大顾客的心，让顾客一到柜台就觉得热乎乎，回到生产和工作岗位还觉得余热犹在，干四化越干越有劲儿。

张秉贵站了20多年柜台，接待了几百万顾客，没有对顾客说一句噎人的话和斗气的话，没有说过一句过头的话和不在理的话，更没有和顾客吵过一次架。他接待任何顾客都是主动、热情、耐心、周到，千方百计地让顾客满意。即使碰上不讲理的顾客，他也能以热对冷，变冷为热。

后来，人们把张秉贵的这种精神称作是"一团火精神"。这种"一团火精神"在全国商业战线上产生了巨大影响，张秉贵也成为全国商业战线职工学习的榜样。

1978年，张秉贵被选为北京市劳动模范，1979年再次被国务院命名为全国劳动模范。张秉贵还被选为中国共产党第十一届代表、全国五届人大常委。

开展技术协作活动

1961 年 6 月，沈阳气体压缩机厂技术员、市劳动模范吴家柱同其他劳动模范一起，在沈阳市发起组织了我国第一个职工技术协作委员会，开展技术协作、技术交流、技术攻关活动，后在全国推广。

当时，各级工会积极支持技术协作活动，全国许多城市都开展了这个活动。

当时，在上海永鑫无缝钢管厂有一位著名的劳动模范，他是我国第一根无缝紫铜管制造者，他叫潘阿耀。

潘阿耀于 1907 年出生在浙江象山县一个贫农家庭。他在旧社会度过了 42 个春秋，受尽地主和资本家的残酷剥削。

新中国成立后，潘阿耀深深感到没有共产党就没有工人的解放，所以他在工作上一贯勤勤恳恳，努力钻研技术，为国家建设作出了很大贡献。

1950 年，由于美帝国主义的封锁，我国依靠国外进口的无缝钢管来源断绝。上海慎昌五金制造厂生产的铜皮也无销路，当时工厂已无法支撑，"关厂"的问题压在每一个工人的心上。

这时，潘阿耀在群众的支持下，开动脑筋，利用日本人扔下的穿孔机，配合不同的铜料，在不同的温度下，经过 20 多次的反复试验，造出了一根没有砂眼的无缝紫铜管，这是我国工人阶级制造出的第一根无缝紫铜管。

紫铜管制造成功后，潘阿耀又向制造无缝黄铜管进军。制造黄铜管要比制造紫铜管更困难。因为黄铜管的主要原料是紫铜和锌，锌放多了太硬穿不出孔，紫铜放多了颜色又不对，原料配比不合适，毛坯到穿孔机上也要轧碎。因此，日本人试验了 3 年也没有成功。

但是，潘阿耀没有被困难吓倒。在工会和群众的支持帮助下，他埋头钻研，经过无数次失败，终于在 1950 年 5 月初，使第一根无缝黄铜管诞生了。

这个消息传开后，抚顺煤矿、锦西炼油厂、石家庄新中国糖厂、华东电器厂等函电像雪片一样飞来，纷纷要求订货。潘阿耀成功制造了紫铜管，不仅解决了"关厂"的问题，而且每月生产的产品为国家节省了外汇。

因为对国家作出了重大贡献，他光荣地出席了 1950 年召开的全国工农兵劳动模范代表会议，被授予"全国劳动模范"称号。

1957 年，潘阿耀调到上海公私合营永鑫无缝钢管厂工作。当时，永鑫无缝钢管厂在穿孔技术上存在一系列难题没有解决，三天两头停工，尤其是"顶头"不能耐高温，存在严重氧化的问题，致使产量低、质量差、成本高，不能投入正常生产。厂里虽不止一次地请教了一些技术人员，但是，他们都认为目前尚无法解决。

在这种情况下，厂内一部分干部和工人也认为生产

无望了。潘阿耀却不这样看，坚决表示要和大家一起把这个"拦路虎"赶跑，并说："不解决这个关键，死也闭不上眼睛！"

从此，潘阿耀白天黑夜想。

有时，他一个人在车间里凝神盯着那些报废的"顶头"。

有人问他："老潘，你天天盯着它们有什么用?"

潘阿耀说："只有盯住不放，一分钟也不让它们在脑子里冷掉，办法就有了。"

果然，在一天晚上，潘阿耀盯着盯着，忽然想起如果把"顶头"挖空通水来降低温度，不就可以解决耐热的问题吗?

说干就干，潘阿耀马上画起图来，但由于文化程度低，左画右画，总画不好，索性拿起剪刀剪出个样子来。

第二天一早，潘阿耀就把自己的设想向党支部做了汇报。

党支部负责人听了十分高兴，组织修理车间工人帮助修改了图样，进行试验。

第一次试验由于通水管在"顶头"孔口上，水通不过去而失败了。第二次试验又因孔挖得不深而失败了。潘阿耀毫不气馁，仍然和大家继续试验，不断改进，最后终于试验成功，从而解决了关键问题。

潘阿耀伟大的创举，使"顶头"的平均使用寿命提高了 75 倍，使永鑫厂无缝钢管的产量立即提高了 7.24

倍。而且还教育了全厂工人，打破了保守思想，为不断开展技术革新开辟了道路。

同时，这项创举在全国各地的无缝钢管厂开花结果。

当时，由于各地无缝钢管厂的迅速建立，到永鑫厂来培训的工人有200多人。

潘阿耀总是耐心地将自己的经验毫无保留地教授给他们。为了更快地培养人才，他请人把自己的经验写出来，作为培训新工人的教材。

他还亲自到天津、江西等地去帮助新厂试车，解决技术难关。

在江西南昌洪都钢厂，由于技术问题未解决，钢管生产不出来，潘阿耀便帮助他们改进了"顶杆"和"顶头"，使该厂顺利地投入生产。

潘阿耀积极钻研穿孔机的技术，对任何一个部件和零件都很熟悉，无论穿孔机有什么毛病，只要他一听，就能指出来是哪里出了问题。

有一次，穿孔机刚检修好，可是钢管却轧不进去，当班工人急得满头大汗，研究不出个道理来。潘阿耀来了之后，一听声音，一看机器，叫人拿一些黄沙来，放在轧辊上，钢管就顺利地穿出来了。

在"顶头"试验成功后，潘阿耀又和同志们一起积极提出了几百条合理化建议，经过几个月的奋战，使全厂几道主要工序实现了机械化、半自动化及联合操纵电动化；使平均日产量提高了40倍，单位加工成本由每吨

231 元多降低到 51 元多；使落后的永鑫无缝钢管厂一跃成为上海市八面红旗之一的先进厂。

因贡献突出，潘阿耀多次被授予"全国先进生产者"称号。

工会开展的职工技术协作活动，不但帮助企业解决了不少长期不能解决的技术关键问题，而且交流了先进经验，提高了职工的技术水平，发扬了职工的共产主义风格，推进了企业技术进步。

开展工业学大庆活动

1964 年 2 月 5 日，党中央发出通知，在全国开展"工业学大庆"运动。

大庆是 20 世纪 60 年代我国工业战线上的先进典型。大庆油田是从 1960 年 5 月开始，经过几万石油职工三年大会战建成的；到 1963 年底，累计生产原油 1000 多万吨，为结束中国人民使用进口石油作出了巨大贡献。全国总工会提出要以大庆为榜样，改进与加强工作。1965 年至 1966 年，全国总工会组织全国各省、市、自治区总工会领导干部到大庆油田学习，深入地学习了大庆工人阶级的思想和作风，使"工业学大庆"运动更加广泛地开展起来。

各级工会组织广大职工积极响应，认真学习，并用铁人王进喜的事迹对照自己，找出差距，订出具体措施。工业学大庆运动的蓬勃开展，振奋了工人阶级自力更生、奋发图强的精神。

工业学大庆运动的广泛开展，极大地鼓舞了广大职工的自力更生、奋发图强的精神，有力地推动了国民经济的发展。

大庆油田在开发建设过程中，不仅生产了物质产品，还培养了一支有一定技术素质的、有组织、有纪律、能打硬仗的石油工业队伍，涌现出了一大批英雄模范和先进集体。其中，最突出的是"铁人"王进喜。

1960年3月15日，在甘肃玉门石油管理局勘探公司工作的王进喜带队从玉门出发，赴东北参加大庆石油会战。

王进喜是甘肃玉门人，生于1923年。新中国成立后，王进喜在甘肃玉门石油管理局勘探公司三大队当了石油工人，1956年担任了1259钻井队队长。

当时，我国的钻井技术还很落后，经验少，又缺乏器材。在困难条件下，为了多打井，多进尺，支援工业建设，改变我国缺油的状况，王进喜带领全队工人提出了一个振奋人心的口号：

月上千，年上万，钻透祁连山，玉门关上立标杆！

1958年，他们创造了月进尺5000米的最高纪录，成为我国中型钻机的最高标杆单位，荣获"卫星井队"红旗一面，被命名为"钢铁井队"。

王进喜平时爱井如命。为了多打井，多出油，1959年他搬到井上去住。在打井最紧张的时候，他常常连续工作40多个小时，困得实在不行了，就在戈壁滩上躺一会儿，爬起来接着干。1959年，他带领钻井队钻井进尺7.1万米，相当于旧中国42年钻井进尺的总和。这一年他代表钻井队出席了全国群英会。

王进喜在出席全国群英会期间，有一次上街，看见公共汽车上背着一个大口袋，就好奇地问别人："这是哪个国家造的？上面装那家伙干什么？"人家告诉他，国家缺少汽油，那是煤气。这话像锥子一样刺疼了王进喜。他想："我是一个石油工人，眼看着没有油烧，让国家作这么大的难，还有脸问！"

以前，王进喜也知道国家缺油，也听到有些人说中国是个贫油国，可是从来没想到会这么严重。他暗自问自己："难道中国在石油上真的不行吗？难道就眼看着外国人笑话我们吗？"就在这次群英会上，王进喜听到了一个好消息：我国在大庆发现了一个大油田。

他找到石油部的领导，要求去开发新油田。

1960年，国际形势日益恶化，苏联对我国开始了经济和技术封锁，王进喜十分气愤。他说：

> 他们想用石油卡我们，我们要自力更生，赶快拿下新油田！

于是，他又一次向上级申请，要求去开发新油田。

不久，上级批准王进喜率领钻井队到大庆去参加夺油大会战。王进喜带上钻井队的32个战友动身了。

在火车上，王进喜问大伙："咱为什么去参加会战？"有人回答说："去打井搞油呗！"王进喜说："这话也对，也不全对。我们是去革命！我们一定要拿下大油田，甩掉我国石油工业的落后帽子，为全国人民争口气！"王进喜就是带着这样一股劲儿到了大庆油田。

开发大庆油田的初期，条件相当困难。王进喜和他的战友一下火车，就直奔会战地点马家窑。到了马家窑，他们的面前是一望无际的大荒原。

王进喜高声喊道："这儿就是大油田！甩开钻井，敞开干吧！这一下可要把石油落后的帽子甩到太平洋里去了！"他恨不能马上架起钻机，把石油取出来，送到全国每一个需要的地方。

当天晚上，他们就在一个村子里，找到一间有两堵破墙、四面透风的马棚里住下了。第二天天一亮，王进喜就派人到火车站去打听钻机到来的时间，他自己带着人平井场，做好了打井的准备。

不久，钻机到了，可是吊车不够用，钻机总的重量共有60吨，在火车上一时卸不下来。王进喜十分着急。他说："有条件要上，没有条件创造条件也要上，天大的困难都要上！"他决定组织队员动手干，不能坐等。他找来绳子和撬杠，硬是用这些简单的工具将钻机一件件卸下火车，运到现场，又用三天三夜的时间，把40多米高的钻机奇迹般地立在了大荒原上。

打油井需要水，可是当时水管线还来不及安装，开钻等水需要时间。王进喜等不及了，带着队员们，又动员了一些住在附近的农民，用脸盆、水桶等到附近的水

塘里端水。就这样，大家硬是端了几十吨水，使钻机提前开了钻，打出了大庆油田第一口井。老乡见他没日没夜大干，说他简直像个铁人。从此，"王铁人"的名字便叫开了。

在开发大庆油田的日子里，王进喜把自己的全部精力和心血都倾注在打井上。他说："宁可少活20年，拼命也要拿下大油田！"这一点他确实是说到做到了。

有一次干活儿时，王进喜的腿受了伤，人们把他送去医院治疗。伤没有好，他就偷着跑回了工地。有一次骑摩托车往工地送东西时，他半路上摔倒了，摩托车压在他的伤腿上，疼得起不来。别人要把他背回去，他不肯，急得那个同志直哭。他说："哭什么？干革命哪有不受点儿苦，不流点儿血的。"

王进喜不能走路，就坐在井场上指挥。有一次，他拖着伤腿正在井场工作，突然发生了井喷，钻机上30多公斤重的方瓦飞出了10多米高，如果不赶忙压井止喷，几十米的井架和钻机就可能陷入地底。

当时，要制服井喷的唯一的办法是用水泥掺土压井。王进喜这时完全忘记了自己腿上有伤，指挥队员们将一袋袋水泥和土倒进泥浆池里。可是，水泥需要搅拌机搅拌，当时并没有搅拌时。

就在这时候，只见王进喜将手里的拐棍一甩，一个箭步跳进了齐胸深的泥浆池里，用身体搅拌水泥和土。在他这种精神鼓舞下，队员们纷纷跳进去搅拌水泥。

经过 3 个多小时的奋战，他们终于用搅拌好的水泥和土压住了井喷。等队员们把他拉出泥浆池时，他的伤腿痛得动不得了。人们敬佩他，赞扬他，都从心眼里把他当作自己的榜样。

从此，王进喜的那种奋发图强，艰苦创业，不怕苦，不怕死的"铁人精神"在全国广泛传扬，全国掀起了学习"铁人精神"的活动。

大庆工人在"铁人精神"的鼓舞下，会战 3 年，高速度、高水平地拿下了大油田。

大庆油田的开发结束了中国使用"洋油"的历史。

1966 年 10 月，王进喜深入 1205 队和 1202 队，胜利地突破钻井年进尺 10 万米的高峰，创造了当时世界上的钻井最高纪录。这实现了甩掉苏联"功勋"队，超过美国"王牌"队，争夺世界冠军的目标。

王进喜为发展我国石油工业作出了丰功伟绩。他不计名利、不计报酬，艰苦奋斗、埋头苦干的无私奉献精神，将永远鼓舞大庆人和整个石油战线的广大职工为祖国的石油事业奋斗不息。

工人模范层出不穷

当时，同王进喜等人一起，奔赴我国的东北，去参加大庆的石油会战，为开发大庆油田作出了重大贡献的人中，还有一位劳动模范，他叫薛国邦。

薛国邦原是甘肃省玉门石油管理局的采油队长和修井技师，是 20 世纪 50 年代全国石油战线上的"采油尖兵"，曾经多次被评为市劳动模范、省先进生产者。1959 年，他出席了全国先进生产者代表会议，被选为全国先进生产者。

为了开发大庆，摘掉中国贫油国的帽子，薛国邦以"铁人"王进喜为榜样，发扬了革命加拼命的精神。为了赶时间、抢速度，刚到大庆时，因没有运输工具，他带着队员去抬运绞车，不顾自己身患关节炎和肺病，坚持抬着绞车走了 10 公里路，刚到家就累得昏迷过去了。

1960 年 6 月 1 日，大庆决定为祖国运出第一列车原油。当时，薛国邦正在因病住院，没等病好，就跑回了采油队。

第二天，天刚亮，薛国邦就赶到了油井。当他得知有一口油井因气温低，原油从井管里流进土油池后就凝固了，不能装油罐车时，他带领着队员们赶到那里。那时，离第一列油车开出的时间只剩几个小时了。

薛国邦见时间紧迫，也意识到自己的责任，便不顾重病在身，脱掉棉衣，纵身跳入土油池，双手抱起沉重的蒸汽皮管，给凝固了的原油加温。在他的精神激励下，队员们也纷纷跳进土油池干了起来。

在土油池里，薛国邦被油气熏得头昏脑涨，两眼直冒金星，脸色苍白，身体渐渐站立不稳。可是，他以惊人的毅力控制住即将倒下去的身体，顽强地战斗着，一直战斗到将原油装满油罐车，保证了第一列车原油按时开出。

当时，人们都深深地被他这种一不怕苦，二不怕死的革命精神所感动，赞誉他是"永不卷刃的钢刀"，是"拼命干革命的先锋"。

1964 年 2 月 9 日，毛泽东在接见外宾讲到大庆石油会战取得的进展时，自豪感溢于言表，认为：大庆油田用比较少的投资、比较短的时间，全部自己制造的设备，在 3 年中找到了一个大油田，建成了年产 600 万吨的油田和建设了一个大的炼油厂，而且比苏联先进。

2 月 13 日，在人民大会堂的春节座谈会上，毛泽东发出号召："要鼓起劲儿来，所以，要学解放军、学大庆。""要学习解放军、学习石油部大庆油田的经验，学习城市、乡村、工厂、学校、机关的好典型。"此后，全国工业交通战线掀起了学习大庆经验的运动。

1964 年 4 月 20 日，《人民日报》发表了通讯《大庆精神大庆人》，报道了大庆人吃大苦、耐大劳，为让祖国抛掉贫油帽子而忘我拼搏的感人事迹。

当时，广州重型机器厂的工人就说："要制出醋化机高级精密设备，困难的确很多，但是想起大庆人在极端困难的条件下开发油田的情况，就觉得浑身是劲儿，帝国主义欺侮我们，我们就要争这口气：外国能做的东西，我们一定也要做出来，而且还要比他们做得好。"

在工业学大庆运动过程中，在甘肃省兰州市汽车运输公司第二车队有一位模范客运司机，他叫张金榜。

张金榜在工作中表现了高度的主人翁精神。1959年，他成为甘肃省的先进生产者。

1966年，他很荣幸地受到邀请，去北京参加国庆观礼，并作为毛泽东的客人住进了中南海。有一天夜里，周恩来来到他的房间，握住他的手，亲切地问他是哪里人，做什么工作。

当得知他是甘肃人的时候，周恩来就笑着说："啊！是和王进喜一个地方的！"周恩来还热情地鼓励他，要他把工作做得更好。

周恩来的亲切教诲给了张金榜无穷的力量。从那以后，他时刻以"铁人"王进喜为榜样，大干社会主义不歇脚，年年出满勤，干满点，把开好车作为献身社会主义建设的具体行动。就是在极其困难的条件下，他都能不断创造新成绩，作出新贡献。

甘肃省地处青藏高原、内蒙古高原和黄土高原的连接地带。张金榜的行车路线处于海拔2000至5000米。张金榜驾驶的汽车常年在这样高的地带行驶，从六盘山到乌鞘岭，从峰峦起伏的山区到沙漠和草原。这里夏季烈日炎炎，冬天地冻天寒。到了春秋两季，更是飞沙腾空，黄土弥漫。

在这种险恶的公路线上，张金榜驾驶着汽车，从1953年到1983年，安全行驶了148万公里，相当于绕地球33圈。

在我国运输史上，他第一个创造了解放牌汽车110万公里无大修的全国最高纪录，是规定大修间隔里程12.7万公里的6倍半，为国家节约大修费5.9万多元，节约汽油4.4万多公斤，价值2.2万多元。他连续15年超产，给国家上缴利润15.6万多元。

张金榜在驾驶工作中，刻苦钻研业务知识和驾驶技术，对自己的车辆极为爱护。他总是坚持在每天出车前、收车后或在行车途中，勤检查，勤保养，勤清洗。不管是在酷暑还是严冬，不管收车是早是晚，他都严格地按照保养技术规范办事。

有一年除夕，张金榜在长途行车后，回到车队已经是万家灯火，到处响着噼噼啪啪的爆竹声。张金榜停车后，还是像往日那样照常检查车辆。他的助手劝他说："张师傅，今天是大年三十晚上，咱们的车又没啥毛病，你就早点儿回家吧！孩子们都等你过年哩！"张金榜听了却说："越是在这种节骨眼上，越是要保养好车辆。"等他把车检查完，已经很晚了才回家。

为了保证车辆安全行驶，张金榜想了许多办法，采取了许多措施。他针对地区特点和车辆状况，每当行驶到 7000 公里后，就仔细地清除一次活塞顶部的积炭，保持汽缸内有一定的压缩比。他还能够熟练地利用车辆下山的时机，换装上一副旧火花塞，加注一些机油。

待汽车下山后，他又重新换上原来的火花塞。这样做的好处是，既可以自动研磨气门，又能清除汽缸内燃烧的杂质。

在行驶中，为了能适时地调整分电盘点火角度，他把全省各个地区不同的海拔高度作出标记，做到适时调整，使车辆在不同的地区也能发挥应有性能。

在驾驶操作上，他总是坚持冷摇慢转，从不猛踩油门，启动后怠速转运，待各部位润滑良好，增温到 70 摄氏度以上时才加速行驶。

张金榜由于采用了许多合理的措施，使他的车辆磨损率很低，每 1 万公里的磨损率在 0.008 毫米以下，从而延长了汽车的寿命，创造了国产汽车 110 万公里无大修的全国最高纪录。

张金榜驾驶的是长途客车，他对待旅客十分热情，热心为旅客服务。为了减少旅客们坐长途车的疲劳，他特意在后排座位上装上了一层厚厚的海绵垫。他还买来塑料袋等，供那些晕车的旅客使用，还准备了治晕车和腹痛等常见病的药品和开水桶。夏天，他注意车内通风；冬天，利用引擎的余热，给车内送暖气。当旅客在途中生病的时候，他常将自己多余的衣服供病人使用。

1978 年春节，张金榜行车来到腾格里沙漠边缘地带，一路上狂风怒号，沙尘蔽天。在这种天气里行车，他总是特别注意路旁有无旅客等车。

有一次，他发现在风沙弥漫的公路旁放着几个旅行袋，向四处一看，却不见人影。他立即将车停下，大声地紧按喇叭。

那些躲在沙坑里的旅客听见了汽车喇叭声，纷纷跑出来上了车。这些旅客感激地说："我们蹲在沙坑里，一点儿也没有听见汽车的响声，要不是这位好心的师傅按喇叭找我们，今天可就搭不上车了！"

还有一次，张金榜行车来到陇南山区的白龙江畔一个叫沙湾的地方，忽然发现江面上有一艘疾驶而来的小船，船上似有人招手。

张金榜心想，一定是有急事来搭车的，就停下车来等着。等那人赶来上了车，人们才知道是那人的妻子难产，赶去请医生的。那人连声地向张金榜道谢说："师傅，您太好了！这一下我家大人和孩子都有救了！"张金榜心想着旅客，处处方便旅客的事迹传遍了陇原的山山岭岭。

1977 年，张金榜出席了全国工业学大庆会议，被授予"全国先进生产者"称号；1978 年，分别荣获甘肃省和交通部工业"学大庆先进生产者"称号；1979 年，获"全国劳动模范"称号。

1984 年 3 月，张金榜开着他行驶了 110 万公里而从未进行过大修的解放牌汽车，驶回"娘家"长春第一汽车制造厂。长春第一汽车制造厂感谢张金榜在探索解放牌汽车使用性能方面作出的贡献，授予他"模范用户"称号，并赠给他一辆新试制成功的第二代解放牌汽车。

铁道部第五工程局第四工程处电站炊事员、全国著名的节煤先锋王运岐，是开创节煤奇迹的"3001 型节煤灶"的创制人。

王运岐，1926 年生于陕西洛南县，1951 年参加铁路建设队伍，1964 年在铁道部第二工程局第八工程处电站当了炊事员。他跟随工程队在三线施工，运煤的困难很多。所以，节约烧煤成了他工作中的一个重要课题。无论烧水还是做饭，他都尽量少烧煤。

1970 年冬天，电站从成昆铁路转战到湘黔线，工人住在湖南溆浦县小江口一个叫煤炭沟的地方，那里遍地都是煤矸石。王运岐一看高兴极了，心想这下烧煤不用愁了。安营扎寨后，他就挑回两担煤矸石。

可是，这些东西怎么弄也烧不着。恰好这天，从外地运来一车煤，才为他解了围。王运岐一问，司机对他说，这车煤光运费就花了 100 元，往返在路上耽搁了 4 天。

王运岐越琢磨越感到这儿遍地的煤矸石烧不着，实在太可惜了。他就一次一次地观察，将煤矸石砸碎，发现里面确有煤的成分。这时，他想到了平时学的知识，认为在一定的条件下，是可以烧着的。

于是，王运岐就从改革炉灶上找出路。他白天做饭，晚间改灶，感到时间不够用，索性把行李搬到伙房。失败一次，他就总结一次教训。经过 43 次试验，他终于在"火大无湿柴"这句老话的启发下，把煤矸石烧着了。

后来，电站在煤炭沟住了一年多，再没有买煤烧。这样，既给国家节约了煤炭，又降低了伙食费用，还减少了运煤车辆，做到了三全其美。

1972 年春，他们搬到湖南新化工地。这里没有煤矸石了，可是王运岐从改灶中尝到了甜头，于是又在改灶上下起了功夫。

开始，王运岐改灶改了几次都失败了，在改到第九次时，耗煤量由原来的平均每人每天烧 1.5 斤煤，减少到只烧 4 两。

这时，王运岐想：节约没到顶，能省还得省。他又扩大了灶膛，火倒是旺了，但焖出的饭，下边焦，上边夹生。他又从里到外把灶的全部结构仔细琢磨了一番。然后，通过抬高锅底，改动灶膛，修整烟道、烟囱，终于取得了新成绩：平均每人每天耗煤量降到了 2 两。

这个数字一传开，没亲眼见到的人都摇了摇头。亲眼见到的人说："巧妇难为无米之炊，2 两算是到顶了，再不能少了。"

但是，王运岐又在节省点滴煤渣上动起了脑筋，在加强通风和煤的二次燃烧上做起了文章，在具体操作上

劳动技术活动

使巧劲儿。他将粗炉条换为细炉条，然后，不厌其烦地进行了300多次试验，结果使每人每天耗煤量降到1两左右。局党委将这种灶命名为"3001型节煤灶"。

"3001型节煤灶"问世后，许多炊事员都认为这是不可能的。有人说："要是1两煤能做三餐饭菜，我把这些煤吞下去。"

有一次，一个由几十位炊管人员组成的参观团来到了王运岐的伙房，有的人在他的灶里找喷油嘴，有的人从煤中找渣油，抓起一把煤嗅了又嗅。油嘴、渣油都没有找到时，有的人又说他用的煤质特殊，要拿回去化验。

还有些外地来参观的人背来一些煤，让王运岐烧烧看。为了解除大家的疑虑，王运岐新起灶，重点火，让大家亲眼看。

当时，他做了163人的饭和两菜一汤，用了60分钟，耗煤2.1公斤，平均每人一餐用煤2.6钱。同志们看后说："不看瞎猜疑，看了才服气！"

在党支部的支持下，王运岐和钳工班长王能佳、技术员王克仁一起，运用马蹄回风灶的原理，群策群力，改成"马蹄回风节煤茶炉"。没改前，那个"老虎茶炉"2.5小时耗煤30公斤，烧开水350公斤；改革后，只用1个小时，耗煤13.5公斤，烧开水650公斤。

在"3001型节煤灶"推广后，王运岐收到许多来信，询问这种节煤灶是否适合家庭生活用？于是，他决心搞出一个家庭用的节煤灶。

1978 年，王运岐从长沙介绍经验回到电站后，在大家的帮助下开始研究民用灶的实验。经过一个多月的奋战，他终于搞出一种"3001 型民用节煤灶"。

　　1978 年 11 月初，在贵州镇远县召开的贵州省重点城镇民用灶测试现场会上，有 32 个新型的民用灶参加比赛。

　　王运岐的民用节煤灶小巧玲珑，结构简单，火力旺盛，只用 30 分钟、两引火柴、350 克煤，就做好了两菜一汤和 1 公斤米的饭，还利用余热烧了两锅半开水；不仅名列第一，还超过满分 13 分，受到全场代表和观众的赞扬。

　　由于王运岐在节煤、改灶工作中作出了重大贡献，1977 年在全国工业学大庆会议上被命名为全国先进生产者，1979 年被国务院命名为全国劳动模范。

　　在工业学大庆运动过程中，处处以大庆为榜样，开展比学赶帮、实行增产节约活动；像大庆人那样吃大苦、耐大劳，开展社会主义劳动竞赛；学习大庆人，争当五好职工，掀起生产建设新高潮等。各地取得了很大的成绩，涌现出了很多学大庆的先进单位和先进典型，对我国工业的发展起了促进作用。

本书主要参考资料

《国史全鉴》本书编委会编 团结出版社

《共和国五十年珍贵档案》中央档案馆编 中国档案
　　出版社

《中国现代史资料选辑》彭明主编 中国人民大学出
　　版社

《青年的榜样》中国青年出版社编 中国青年出版社

《光辉的榜样》本书编写组 中国文史出版社

《中国革命史丛书》郭沫若编 新华出版社

《中国职工劳模列传》高明岐等编著 工人出版社

《中华全国总工会七十年》中华全国总工会编 中国
　　工人出版社